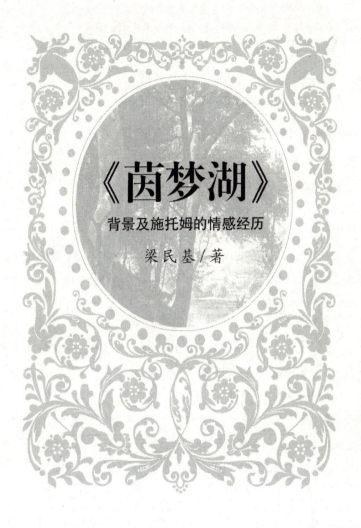

《茵梦湖》

背景及施托姆的情感经历

梁民基/著

知识产权出版社
全国百佳图书出版单位

内容提要

小说《茵梦湖》与施托姆的情感经历紧密关联已是不争的事实。迄本书付梓之时，国内还少有人涉及以下课题：施托姆生命中有影响的女性，施托姆的小女儿写的《茵梦湖》导言，《茵梦湖》1849 年初印本和现行本的比较，《茵梦湖》与作者情感生活的密切程度。对于这些问题，本书都给了相应回答和讨论。此外，还附有构成完整《茵梦湖》情节的 23 幅插图供读者欣赏。

本书供《茵梦湖》的爱好者阅读，也供研究人员参考。

责任编辑：石红华

图书在版编目 (CIP) 数据

《茵梦湖》背景及施托姆的情感经历/梁民基著.

—北京：知识产权出版社，2013.1

ISBN 978-7-5130-1689-6

Ⅰ. ①茵…　Ⅱ. ①梁…　Ⅲ. ①中篇小说—小说研究—德国—近代

②施托姆，T. （1817～1888）—人物研究　Ⅳ. ①I516.074 ②K835.165.6

中国版本图书馆 CIP 数据核字（2012）第 260945 号

《茵梦湖》背景及施托姆的情感经历
YINMENGHU BEIJING JI SHITUOMU DE QINGGANJINGLI

梁民基　著

出版发行：知识产权出版社			
社　　址：北京市海淀区马甸南村 1 号		邮　　编：100088	
网　　址：http://www.ipph.cn		邮　　箱：bjb@cnipr.com	
发行电话：010-82000893		传　　真：010-82000860 转 8240	
责编电话：010-82000860 转 8130		责编邮箱：shihonghua@cnipr.com	
印　　刷：知识产权出版社电子制印中心		经　　销：新华书店及相关销售网点	
开　　本：787mm×1092mm　1/16		印　　张：8	
版　　次：2013 年 1 月第 1 版		印　　次：2013 年 1 月第 1 次印刷	
字　　数：100 千字		定　　价：25.00 元	

ISBN 978-7-5130-1689-6/I·248（4541）

前　言

《茵梦湖》至今仍不断有新的中译本问世。据笔者统计，1980年后新的中译本包括港台的在内有十几种之多，表明该小说受欢迎程度始终不减。记得我第一次读它时还在上初中，书是(20世纪)30年代张友松的译本，我蜷缩在上海福州路的上海旧书店硕大的书架下一口气读完，并把它买回家，之后，又不知读了多少遍。

大学选修第二外语，我选了德文，机缘巧合地得到一本上海外语学院德语系的油印本讲义——德文原版《茵梦湖》。我大喜过望，假期翻字典逐字逐句读完，也译了其中的《今天啊，今天》短诗作为练习。时值(20世纪)60年代初困难时期，纸张质量粗糙，薄薄的油印本翻阅不几次就有磨损，我仔细给它包了封皮，读时小心翼翼。虽然现在我手边有不少《茵梦湖》新旧德文原著和中译本，但我仍然珍贵地保存着那本油印讲义，至今已有半个世纪，它埋藏了我太多的记忆。

在我成为小说《茵梦湖》的爱好者中的一员后，凡涉及《茵梦湖》小说的中文资料我都饶有兴趣地找来读读。有个疑问始终萦怀在心，为什么绝大多数评论只谈小说的结构和艺术分析，鲜有提及其他问题的？例如，莱因哈德两年不写信给伊莉莎白，小说里没有交代原因，或许艺术就是只能意会？后来我才知道，初印本中是有解释的，只不过在标准版中被艺术虚化掉了。

我开始了这方面中外文资料的阅读和收集，知道了小说许多情节并非凭空想象，作者的生平对《茵梦湖》大有影响，不只是伊莉莎白原型是作者初恋对象而已。这就是我写这本小书的缘由。

这里要说明一下《茵梦湖》(Immensee)的书名。Immen 是德语 Weibliche Bienen(雌蜂)的古雅称谓,Immensee 意思就是"蜜蜂的湖",这是巴金译本《蜂湖》书名的来由。有些英译本书名也译成 *The Lake of the Bees*。现行众多 Immensee 中译本都沿用了 1921 年郭沫若译本的书名《茵梦湖》,此译名音意切合,境界翩然,后人无出其右。

Immensee 是作者原先构想的一个带有北部德国自然风光的湖泊庄园。地理上的 Immensee 则是在瑞士的一个旅游景点,两者没有关联,更甚者有国人把德国南部的基姆湖 Chiemsee 也译成茵梦湖。曾有读者特地去寻访,虽然两地风景亦是优美,但不是预期目的地难免有点失望,还写了文章抱怨。

(20 世纪)80 年代本人在德国两年余,曾有一段时间居住在汉堡附近的一个小城里。湖泊、树林、乡间三角形山墙房子和远处不时传来钟声的教堂,错落有致分布在小城周边的田野上,一派北部德国宁静的田园风光。小城里,冬夜布满厚雪的倾斜狭窄街道,幽暗摇曳烛光下情侣喁喁私语,客人默默喝酒的小酒馆,颇有《茵梦湖》小说某些情节的意境。

凡读过《茵梦湖》的读者无不掩卷为其主人翁结局叹息不已,其实也是对施托姆和他生命中的几个女性坎坷情感经历的惆怅与同情。每个人都有过青春和恋情,有的充满美好回忆,有的往事不堪回首,但那总是人生最充满活力时的至纯至美的真情经历。书中莱因哈德与伊莉莎白重逢时问道:"伊莉莎白,在那每个青山背后有着我们的青春,现在它们在哪里呢?"或许就是引起读者心灵深处共鸣的所在吧。

德国作家中很少像施托姆那样生活同其创作紧密联系在一起,小说《茵梦湖》与施托姆情感经历关联已是不争的事实。

— 2 —

本书介绍了施托姆生命中四个女性、施托姆的小女儿所写《茵梦湖》导言、《茵梦湖》初印本和标准本比较,最后评论《茵梦湖》与作者情感生活的关系。

前两部分选译自有关参考文献,引文均为直译。除为清晰起见加入年份外,笔者未置评论,只注明出处。如实在需要说明问题时则加注,或在附录中说明。附录中有参考资料的简介。

本书中的诗均系笔者所译,第三部分是笔者撰写。文中不足之处祈请读者指正。

承蒙高等教育出版社黎勇奇先生为本书详尽校阅,特此深表感谢。

作者

2012.7

目　录

第一部分　施托姆的情感经历

1.1　施托姆早年经历,生命中的四个女性

台奥多尔·施托姆(Theodor Storm,1817—1888)出生在濒临北海的偏僻小城胡苏姆(Husum),父亲是知名律师,母亲是当地有影响力的议员的女儿,他们13个孩子中只有4个儿子长大成年。施托姆是长子,18岁前就读本地学校。1835年施托姆转学到吕贝克(Luebeck)著名高等文科学校完成他的中学教育。1837—1842年他在基尔(Kiel)和柏林两地就读法律。完成学业后,他于1843年回到家乡从事律师事务。作为谋生手段,他担任过律师、法官、警察首长和市政管理官员等职务。

在童年时代,由于母亲疲于家务缺乏对施托姆的关爱,他倍受孤独的煎熬。他成为作家的因素一方面固然有来自他爱恋对象的灵感,另一方面便是受列娜·维斯(Lena Wies)——比他大20岁的胡苏姆银行家未婚女儿的影响。从她那儿他不仅知道了家乡很多民间故事和奇异传说,而且她还帮助激发他的诗意想象。[2,p.16]这可追溯到他最早的诗,那是他12岁时为纪念当年死去的7岁妹妹露西(Lucie Storm)所写的。他的诗正式见报是1837年。1843年他和图霍·摩姆生(Tycho Mommsen)兄弟合作,发表了第一本诗集《三个朋友的诗集》。1849年小说《茵梦湖》正式出版,奠定了他作

为重要小说家的地位。他一生写了50多本小说和几百首诗。

施托姆一生有三个女子对他产生过重大影响,她们是初恋情人贝尔塔·冯·布翰(Bertha von Buchan),第一任妻子康士丹丝·爱斯玛赫(Constanze Esmarsh)和第二任妻子朵丽斯·简森(Doris Jensen)。此外,还有"秘密"订婚旋即解除婚约的爱玛·库尔·冯·科尔(Emma Kuehl von Koehr)。

1.2 爱玛·库尔·冯·科尔

与施托姆"秘密"订婚旋即解除婚约的爱玛·库尔·冯·科尔，居住在福尔(Foehr)岛，是施托姆妹妹海列涅(Helene Storm)的朋友。1829 年施托姆到福尔岛亲戚家做客，在那儿与爱玛初次相遇，那时施托姆 12 岁，爱玛 9 岁。他喜欢她，他在后来一封信里回忆道："我们一起玩耍，一起外出，彼此爱上了。我清楚记得，我们多次在厨房门后偷偷接吻。"[3,p.3]1833 年，16 岁的施托姆有一首诗"致爱玛(An Emma)"献给时年 13 岁的她。对这段"爱情经历"来说，这首诗从形式到内容几乎没有什么太大意义，但因它是施托姆处女作，所以笔者仍译出列在本书注解里。[注1][3,p.4]

1837 年 10 月，应施托姆的妹妹海列涅的邀请爱玛来胡苏姆做客，爱玛 17 岁，施托姆 20 岁。其实这时施托姆另有所爱，他认识贝尔塔已有一年，但由于当年复活节后他去基尔读书，有半年时间一直没有再见到贝尔塔。或许是这个因素，加上爱玛显示出"除了良好的教养，极具才智的气质和几乎无法抗拒的亲切之外，还极其卖弄风情"，这个年轻大学生很快爆发出熊熊烈火："作为男孩子我已经爱上了她，现在日子变得疯狂：10 月 3 日上午我正式向她许诺，但下午我就强烈后悔自己跨出了这一步，于是又决定取消一切。"施托姆后悔与爱玛"秘密"订婚抽身退出，他只是简单地不再让人听到他的任何消息，表现得不是很高尚和勇敢。翌年 2 月，即 4 个月后，爱玛以"患重病病人的权利"提出收回她的承诺。施托姆其实很清楚是他导致了那个姑娘重病，他负有罪责。[3,p.28]施托姆立即答应取消了婚约。[4,p.12]

7 年后施托姆在贝列斯铁特(Bredstedt)与爱玛相遇,他尽量回避。后来在给他第一任妻子康士丹丝的信里写道:"我怎可以这样处理事情?现在只能自我辩白,我完全不明白被拒绝的爱会是怎样的痛苦,因为我当时对爱情一无所知,那时整个的我只是热情澎湃而已。"[3,p.28]

1.3 贝尔塔·冯·布翰

在基尔居住那年,施托姆经历了他生平的真正初恋。1836 年,当他还在吕贝克时,他到阿尔托纳(Altona)的亲戚,他母亲的侄女谢里夫太太(Friederike H. Scherff)那里过圣诞节。她的丈夫乔纳斯·谢里夫(Jonas H. Scherff)也邀请了他的朋友,其中有在汉堡居住的德列莎·罗沃尔(Therese Rowohl)和她的养女贝尔塔。

贝尔塔 1926 年生于波希米亚罗姆堡(Romberg,Bohemia)一个富有的贵族阶层家庭,不到一岁她母亲就过世了。她父亲是相当有钱的商人,工作要求他经常居留国外。他把 4 岁的贝尔塔带到汉堡,托付给一个 48 岁的老处女德列莎照看。德列莎和她姐姐住在汉堡港湾一幢自己的小房子里,过着简朴的日子。她接受贝尔塔的主要原因是贝尔塔的丰厚抚养费,这有助分担两姐妹的赡养费。但是,她们以后发展为养母女间的亲密关系。贝尔塔从小显得头脑敏锐,富有幽默感并有点狂热气质。[5,p.17][4,p.11]这个有强烈基督教信仰的老妇人以相当虔诚的方式教育贝尔塔,并把贝尔塔和自己的距离拉得很近,这或许成为以后贝尔塔不能或者不愿理解施托姆激进思想的根由。贝尔塔所写的信显得老练,她能按习惯格式表达自己的言论,但再没长进了,例如对于年长友人显得过分要求的信,她还不能对等地回应。[5,p.18]

这次与 11 岁贝尔塔的见面给 19 岁的施托姆留下深刻的印象。以后的几年间他们通信,彼此不常见面,他写了很多诗附在信里寄给她。施托姆也给德列莎写信。1840 年秋天的一个节日他们又见面了,仍是学生的施托姆已 23 岁,贝尔塔 15 岁。贝尔塔的感情倾向怎样,施托姆没有把握,为此在他们道别时,他把一张纸条塞在她手里,要求她下次给他回信时,用加下横线的肯定词语表明她的爱。贝尔塔当年 12 月 31 日的回信里,在"你的贝尔塔"下加了两条横线,这一来,加强了施托姆对两人除亲密精神交流外会发展成恋爱关系的希望。[4,p.20]

施托姆努力密切与贝尔塔交往,但迄今为止他只能在贝尔塔的养母在场时和她接近。她的养母重视贝尔塔的社会和宗教观培养,指导她的思想要摆脱情感因素的影响。贝尔塔已习惯把自己的内心世界托付给她的养母。事实上,有一次,施托姆把不想让她养母过目的一页纸夹在信里,可贝尔塔并不喜欢这样,立即把那页纸递给养母。在老妇人的眼皮下,施托姆和贝尔塔的感情大部分是纯精神性的,不是情爱。[4,p.20]

施托姆特地为贝尔塔 15 岁生日写了一封意义明确的情书,然而,他的恳求没有被贝尔塔理解。贝尔塔最初是拖延复信,六周后才回信给他,写了点无关要紧的事。[4,p.21]施托姆向他的亲戚谢里夫太太求助,请她支持他的愿望,同时也向贝尔塔养母表达同样的恳求。然而贝尔塔的养母德列莎给了他双重的拒斥,德列莎回信道:出自对她养母信任,贝尔塔没有去处理信件中施托姆特意对她表达的那几行字句。这个忧虑的养母还责备施托姆滥用了她们对他的信任,并明确地告诉他,贝尔塔还是个孩子,对处理认真爱情来说她太年轻了。[4,p.28]由于德列莎的反对,施托姆很沮丧,1841 年他在《最后之歌》(Schlusslied)一诗中里表达了他的希望[4,p.31]:

为什么我总悲哀,

总默默徘徊,

心里藏着的歌,

沉重地困扰着我。

能帮我的,相信是我的忧伤,

忧伤潜入我心,

你永远不理解,

你也无从帮助我。

你永远不理解,

我创作出这首歌,

它揉碎了我的心,

你永远不明白。

1842年3月,施托姆利用复活节假期到汉堡,和他的朋友基多·诺尔特(Guido Nolte)商量再见一次贝尔塔。复活节第一个周日中午,他在日记中记下他们上午相遇的情景:"基多和我在教堂前站了一个多小时,所有载客的马车都离开了,仍然不见她的人影,于是基多上啤酒馆去了,我只好回家。当我走近家门时,蓦然发现她正迎面走来。见面后我们什么话都没说,也没有互相问好。我发觉她的眼睛透出极为严肃的神情。"[4, pp. 31-32]其实,贝尔塔事先并不知道施托姆复活节到了汉堡,不能肯定是否真的能看到他,她曾问过她养母:"施托姆到过这儿吗?"[5, p. 15]

施托姆和基多在复活节第二个周日又去了教堂,详情见本书2.1节"《茵梦湖》导言"里的描述,施托姆自认为贝尔塔看见了他。4月初他写了一封诚恳剖白自己爱情的信,信内附了两首诗并请贝尔塔马上回复。[5, p. 139]然而,贝尔塔却一直没有回复。

10月,施托姆参加司法考试,他计划考完后就去汉堡向贝尔塔求婚。施托姆觉得特别有把握,在这个时间提出婚事不会再有问题了,如同他给朋友信里所流露的:"贝尔塔养母的信里友好地邀请我,善意欢迎词后有两句值得玩味的话'你应该给我们大家留下愉快的回忆。'以及'贝尔塔感谢你的情书。'我给贝尔塔写了回信,

我希望圣诞节去。"[5, p. 16]

施托姆考试通过并被授予学位后,他写信给 16 岁的贝尔塔向她求婚,请求她打消认为自己还是个孩子、太年轻无从决定婚事的想法。他也写了请求信给她的养母。不幸的是,贝尔塔在 10 月 20 日的回信里却拒绝了他,理由是她养母在另一封给施托姆的信里再次强调过的,处理爱情关系对她来说还太年轻。贝尔塔的回信是这样写的:

"⋯⋯说出你期待从我这里要的那个字眼,对我说来,要你相信确实不是很容易的。你希望我好好地考虑,所以你也希望我好好地回答。我太年轻,还不能认真承受怎样地迈出我一生至关重要的这一步的想法⋯⋯"在信的结尾,贝尔塔表示希望避免误解,并保持他们过往的友好关系。[4, p. 36] 由于他们后来亲密交往终止,这封信也成为贝尔塔给施托姆的最后一封信。

同日,养母德列莎也给施托姆写了长长的回信,再次明确拒绝他对贝尔塔的求婚,一周后(26 日)她又写了一封信,言词诚恳邀请施托姆按原定计划圣诞节去拜访他们。[4, pp. 36-38] 两人的信都写得很礼貌得体。

施托姆没有去,11 月他给德列莎的回信是这样写的:"我不能来了;像是天塌下来压在我身上,我必须躲避。愿您生活好,上帝赐福您,并愿贝尔塔拥有一次像我心底里交给她那样的爱情。"[4, pp. 38-39]

至此,最后这一步的结果真正地击垮了施托姆,让他从梦里惊醒。首先,他理应知道,复活节第二个周日在教堂那天,贝尔塔根本没有注意到他来过教堂,也没有在人群中认出他。因此,贝尔塔这封信对他的回答必然彻底毁掉了他所有的希望,给他带来了最终判决乃是贝尔塔并不爱他,她不能回应他的感情。

到现在,人们还在评估这段爱情结局的所有细节。施托姆在后来给其未婚妻康士丹丝的信里,零散并含糊其辞地道出了此事的真相:他那时"深沉强烈的感情无谓地被浪费掉","如果这感情有反馈给我,它绝不会在我那里熄灭。但是没有互动就不能坚持住了。"在他另一首赠康士丹丝的诗里似乎给出了这一爱情结局的线索。这首诗《命运》的第一段是这样的:

> 他给她带来了
>
> 年轻人阳光般爱情,
>
> 她打算叫他走,
>
> 不要再在这里了!

施托姆特别强调最后一行诗句经过了修改,原文是"偷偷地嘲笑他",施托姆承认"这过分地突出了初恋爱人,会对诗的所有者(指康士丹丝)"带来不属于诗本身的苦涩。文献[3]的作者认为,原文"偷偷地嘲笑他"或许更符合事实原貌。[3,pp.22-23]

文献[4]作者评论道:"施托姆与贝尔塔的通信清楚地揭示,从第一次遇到这个小姑娘起,他就喜欢上她。他试图引导她对某类知识和文学的兴趣,这类东西适合她以后充当施托姆妻子的角色。当贝尔塔对施托姆求婚表示没有兴趣时,他的深情和他的极度失望是毋庸置疑的。贝尔塔喜欢施托姆,是把他作为一个培养她热爱诗歌和音乐的年长同伴,没有证据显示她是情爱上喜欢他。1840 年 11 月贝尔塔邀请施托姆圣诞节来做客,纯粹出于思想方面的一般性交谈。"[4,p.42]

施托姆对贝尔塔始终不能释怀,翌年,即 1843 年 11 月,虽然那年夏天他已和康士丹丝建立了正式关系,但他仍赠诗给贝尔塔《我们坐在太阳下》,对她表示好感:

> 百花现又盛开,
>
> 花丛层层叠合,
>
> 我不要绿叶鲜花,

我要迷人的你本身[3,p.24]。

两三个月后,施托姆和摩姆生兄弟俩的诗歌集《三个朋友的诗集》出版,里面有施托姆40首诗,施托姆给贝尔塔寄了一本。[5,p.16]该书第一卷里收入了他写给贝尔塔的最美的一首诗[7,p.58]:

你太年轻了,

他们称你为孩子,

你是否爱上我,

你自己并不知道,

你会忘记我,和这些日子,

你举目仰望,而我已离去,

对你来说宛如梦中的一夜。

扉页上带有一首诀别诗:

你知道一切,一切业已消亡,

永远的分离就要来临,

你必须承认这未被隐藏的真相,

即使它也湮灭无踪。

它一直令我心神荡漾,

我放在你手里,

这是最后的花朵,

奉献在爱过的坟墓上。[4,p.39]

1860年8月初,施托姆在谢里夫家里再度见到贝尔塔,此时她34岁。6日,他给妻子康士丹丝的信中写道:"星期五是谢里夫太太的生日,贝尔塔和德列莎也来这儿参加庆典,实际上我已经丧失了往日的激情,对她没了兴趣,感到的却是纯洁和亲切,我有点觉察到她成了一个虔诚自信的老处女。天啊,如果她成为我的妻子的话……"贝尔塔总有一种宗教情结,而施托姆对宗教抱有异议,他现在相信了,多年前贝尔塔拒绝他的请求实在是他的幸运。[4,p.40]另有作者评论:"如果愿意由此得出结论,则德列莎20年前的态度或许是对的,贝尔塔和施托姆并不相配。依我看,他们相差实在太远。但是,如果这爱情的命运变成另一个样,她肯定也不会成为一个虔诚自信的老处女。"[3,pp.133-134]

贝尔塔儿时开始与养母维系的密切关系,以及她对宗教的极度热忱,或许是她终身没有结婚的原因。贝尔塔后来的生活看来有些不顺利,并不特别愉快。她父亲由于生意合伙人的不诚实损失了绝大部分财产,使得她处境窘迫,自此,德列莎照顾起贝尔塔来。1876年德列莎的姐姐死后,她们俩搬到汉堡一个专门的老年妇人养老院,1879年德列莎在此离世。贝尔塔晚年与一个年轻女子利斯特·高斯小姐(Lisette Goss)住在同一个房间,1903年也在养老院离开人世。[4,pp.40-41]

贝尔塔死后的遗物归高斯所有[4,p.41]。她的遗物中保留了一张纸条,上面附有一朵干花,并有施托姆的说明:"这是很早以前的一朵花,是我从你的手里拿过来,现在你再从我手里把它拿回去,请相信我。"[5,p.12]遗物中有两份求婚书,其中一份是施托姆的,高斯读过后按照贝尔塔遗愿把它销毁了。此外,还有施托姆写给贝尔塔没发表过的14首诗[5,p.153][注2]、童话《汉斯熊》(Hans Baer)和1841年1月施托姆祝贺贝尔塔生日的信。

这些诗是:《孩子的泪》(*Des Kindes Traene*)、《问题》(*Fragen*)、《大地的女儿》(*Tochter der Erde*)、《快乐时刻》(*Nach frohen Stunde*)、《周日清晨》(*Sonntagsfruehe*)、《圣诞节祝福》(*Weihnacht-gruss*)、《我在你甜美身影前》(*Und wenn ich von dir, du suesse*

Gestalt)[5,p.159,163–165,167,168]，以及施托姆移居波茨坦后寄给贝尔塔的：《诀别》(*Abschied*)、《海滨墓地》(*Graeber an der Kueste*)、《1850年的秋天》(*Im Herbst 1850*)、《1851 年元旦》(*Neujahrstag 1851*)、《流亡中》(*In der Emigration*)、《尾声》(*Ein Epilog*)、《不好的爱情》(*Schlimmes Lieben*)。[5,p.23]

高斯把贝尔塔安葬在离汉堡市中心北面九公里远的美丽的奥斯多夫(Osdorf)陵园，黑色大理石上镌刻以下金色文字："这里安息着贝尔塔·冯·布翰，生于 1826 年 2 月 1 日，死于 1903 年 12 月 31 日，她被人们挚爱，不会遗忘！"[4,pp.41–42]

20 年后的 1924 年，有关贝尔塔的情况开始有所报道，索菲·克罗尔斯(Sophie Kloerss)在《施托姆年轻时代的爱情》一文中写道[4,pp.41–42]：

从很早的童年时代起，贝尔塔·冯·布翰经常出入我们祖父母的也是我们双亲的房子。我们称老小姐德列莎·罗沃尔老姑姑，她是我姐姐的教母。我们从来都没料到过贝尔塔姑姑会是施托姆青年时代的恋人。她没成为他的妻子，命运对施托姆算是眷顾的，这两人本来就不合适。

我很喜欢贝尔塔姑姑。她是个快活类型的人，比我们姐妹大得多，接近我母亲的年龄。她一来，我这个已半大不小的女孩总是很高兴，因为她有令人珍视的幽默。一次，她给我们朗读弗里茨·路透(Fritz Reuter)的作品《法国人在这里的时候》(*Ut de Franzosentid*)，我是永远不会忘记的。

我还记得那时她的外貌。脸很刚健、宽大、生动活泼，眼睛透着幽默。她身材适中[注3]，整个外形是一个再平常不过的普通人。我难以想象，假如她是具有细致感情和深刻思想的作家施托姆的妻子将会是怎样。她决不愚笨，绝对是小家碧玉型的，这是她的标记！

我常常待在她的小住房里。房间实际上很小很小，但无可挑剔地整洁，房里还摆满了鸟笼。她对日常生活用品要求不高，即便这样，这些用品和朋友各种帮助，她都不愿伸手要，她把自己置身在焙制糕点的烤炉前。她舌头善于品尝美味，大家对她焙制的食物总要个没够。在这个地方她不纺纱，以前在我们房子里住的老太太的纺纱轮，贝尔塔如愿要到了手。纺纱轮仍属于那老太太，老太太还有能力纺。那是个可爱的纺纱轮子，是孩子们最渴望的。每当我们去碰，老太太就用尺子敲我们的手。贝尔塔死后那纺纱轮到哪儿去了我就不知道了。她死时我早已结婚在外。

她的养母德列莎老小姐活到九十高龄。她生日时我们整个大家庭，舅舅、姑姑、外甥和侄儿们聚汇在那个小房间里。大家带来了礼品，多是生活用品。当房间里挤满了，一部分人就要出去。那时她就说："孩子们，你们要还来就太好了，现在或许是最后一次了。"90岁时她说道："现在我不再说什么最后一次了，我总是要活下去。"一个当头头的亲戚惯常开玩笑道："德列莎老姑姑啊，你就是要剥我们的骨头，用它从树上敲下苹果的德列莎老姑姑！"这给我们孩子们留下可怕而有趣的印象。

我必须说，我对贝尔塔·冯·布翰评价很高，因为她绝不谈及施托姆的这段恋情。大家庭里也没有过这方面的片言只字。多少女人对过去岁月她们恋人的信息总是说个没够，而这样一个男人的恋情是能给她编织出荣耀光环的。

置身于纷繁家庭事务中，其与生俱来的高尚标志就是沉默。

1.4 康士丹丝·爱斯玛赫

1844 年 1 月,施托姆与比他小 7 岁的表妹,塞格堡(SegeBerg)市长的女儿康士丹丝订婚,他们的母亲是亲姐妹,订婚使双方父母都非常惊喜。康士丹丝母亲婚后每年夏天都带孩子回胡苏姆祖屋度假,施托姆和康士丹丝有机会常常一起玩耍,他把小家伙背上,穿过房屋、花园乱跑,并冒险登上房顶。施托姆也去塞格堡做客,塞格堡的高大市政厅及夏日长满茉莉花玫瑰花的大花园成为他对那些日子的美好记忆。对两人命运起关键作用的是 1843 年。如前所述,那年 2 月施托姆完成学业回到胡苏姆开始了他的律师生涯,并且创办了一个合唱团,施托姆本人是不错的男高音歌手。夏天,康士丹丝再次在胡苏姆亲戚家做客,这段时间的逗留对两人关系起了决定性的作用,在庆祝妹妹海列涅生日的舞会上他们擦出了火花。[3,pp.31-35]

然而,和对贝尔塔不同,他对这个漂亮又聪明的表妹并非一开始就是激情澎湃。结婚前几周他还向康士丹丝表示:"你知道,我开始爱你时,并不是你动人的外貌仪容让我产生激情,而是我们的内禀气质使我们能够彼此沟通交流……"[6,p.31]

施托姆也不得不对康士丹丝说明他以前的情感经历。他客观无遗漏地说出了他对爱玛所犯的错误,但是关于贝尔塔就没有这般详尽了。有评论道,他的心还在起伏。[3,p.39]

与贝尔塔一样,康士丹丝也得到一本《三个朋友的诗集》。施托姆在给她的信中是这样描述以前对贝尔塔的爱情的:"我的康士丹丝,真诚地说,你在这本诗集里可以读到我以前一度深沉强烈的感情怎样无谓地浪费掉了。你是不能接受它的,因为你必然会感到这也许会使我往日的感情复燃,以为我最终还没有摆脱。其实没有了对象,事情就不能存在了。倘若这感情不是转向我所追求的艺术塑造对象的话,它就会把我毁掉。无论如何,让诗集里面的诗《最后一次》触及这段感情吧! 你应该会感觉到,你继续是我生活的一部分。"[4,p.40]

订婚后他打算和康士丹丝不久就结婚,但双方的父亲都认为,这关系到他事业的发展,他们至少要再等两年。在两年多的时间里,他们彼此写了许多信,保留下来有两百封之多。然而,这婚姻一开始就令他失望。他是富于激情的人,也希望他的妻子康士丹丝有同样强烈的激情,可惜,她却不能以同样的方式回应。他们的关系发展为一种密切的亲情。他不断地试图教育和改造她的思想,结果导致他日后的烦恼。如果康士丹丝的信里有拼写和语法错误,或者只谈琐碎事情,施托姆都要批评。康士丹丝的信来晚了,或者对他们的永恒爱情说得不够多,施托姆会为他们的爱情,为普世爱情而不安。这种不安全感一直折磨着他直到康士丹丝离世。实际上康士丹丝始终爱着施托姆,没有任何的厌烦或愤怒。[2,p.17]施托姆这种情绪可以解释为一种病态的焦虑,他的焦虑或许可归因于他的性格特征。婚后第十二年,他最终向康士丹丝承认:"我是怎样一个蠢人,我总折磨你,而你具有这样的厚爱和女性的忍耐性! 我亲爱的康士丹丝! 今后有些时候我还会使你痛苦,但是你的爱和你温柔的心是能够克服它们的。"[6,p.32]

1846 年他们终于成婚,但不是如法律要求的那样在教堂举行婚礼。施托姆认为,爱本身是天赋的,所以不需要在教堂。他大肆操办他的公开婚礼,庆祝这一纯属隐私的亲密活动。为了得到在斯格堡的康士丹丝父亲家里举行婚礼的特许,他还另付了一笔费用。那个年代不在教堂结婚是极其不寻常的,会遭致家庭里的闲话、带来紧张和麻烦。[9,p.87]施托姆的家人全部缺席。[注4]施托姆以这种方式反对现行规章,如果他用文字表达这些想法的话,那么人们会说他藐视宗教和道德。[8]

或许正是康士丹丝的缺乏激情,驱使施托姆转向他的情人朵丽斯·简森。婚后不久,施托姆和朵丽斯有了婚外情,以一年后朵丽斯离开了这个城市而告终。施托姆向康士丹丝坦承了他的不忠,[8]他的父爱和做父亲的责任促使他回归孩子的母亲,家庭生活和家庭本身对他而言毫无疑问地拥有显著的价值。家庭小圈子里重新响起音乐,施托姆与他人一起练习和演奏钢琴和单簧管,与康士丹丝作二重唱。傍晚,他也喜欢在年轻妻子面前朗读,而她一面倾听,一面照顾着他们的小宝贝。[3,pp.113-114]施托姆写道:"朵丽斯和我两地分开这件事帮助了我,对家庭的责任使我战胜了那段感情,结果是那段感情在我这里完全熄灭了或者完全沉睡了。以后的很多年,我和康士丹丝都明白,如同一些夫妻具有的那样,我们要建立起一种紧密的共同生活实体。"[3,p.124]

1851 年出版的《夏日故事和诗歌》一书中,他在标题下加入献给康士丹丝的附言,亲切的语调立刻吸引了人们的眼球:"标题上我写下了'夏日故事'。为了指出这故事本质,我需要写一点情况。我愿带给它一个比'某某类别'更可爱的名字。因为它是献给你的,所以,按照一年中我们海滨城市最好却又暂短的季节,称它为'夏日的故事',如果它还没到来,你会渴望它来,如果它已来到,你完全明白,我们是太享受它了。今年,上帝愿意的话以后很多年,它会给你带来你喜爱的玫瑰,也愿和大家一起实现它。"[3,p.114]

所以说,在胡苏姆的 1843—1853 年期间,是施托姆一生最平静的时光。施托姆和康士丹丝的感情日益弥好,施托姆写了不少诗赠给她。1866 年施托姆在给朋友的信中写道:"康士丹丝在她生命最后的十三四年,也就是 1851 年或 1852 年终于相信我对她的

爱！"[4,p.54]

　　施托姆是个好父亲,非常关爱他的孩子。1865 年 5 月,施托姆失去了她的妻子,她生下第七个孩子后患产褥热死去,施托姆变得绝望。对他来说,婚姻的爱是人们籍此能克服个人孤独的一种宗教性崇拜,他难以承受这一结果。他现在有四个小的女儿和三个大点儿的儿子,他的儿子们并不是那么值得赞美的青少年。以后的年月,他的儿子们给他带来许多困扰,还需要他去照料。[2,p.20,p.27]

1.5　朵丽斯·简森

朵丽斯是议员的女儿,是施托姆创建合唱团的女高音歌手,比康士丹丝小三岁。1845 年 11 月他们相识,并一起练习过二重唱。[4,p.54]1847 年将近 30 岁的施托姆狂热地爱上她时,她当时 20岁,未婚。她似乎有种施托姆没能在康士丹丝身上发现的品性。施托姆最有感情的爱情诗是受她激发写下并献给她的。《秘密》一诗在施托姆死后很久很久才完整发表,揭示了他们关系的性质。[2,p.18]全诗共八段,笔者译出列在本书注解里[注5],这是其中的第三段:

> 既没有狂躁也没有绝望,
>
> 她解开腰带和浴袍,
>
> 庄重、沉默和无望地,
>
> 听任爱情摆布。

他们俩试图秘密地保持这段爱情,但在胡苏姆这个小城几乎是不可能的。1848 年施托姆有了第一个儿子汉斯,朵丽斯承受不了压力,放弃了这段感情并最终离开了这个城市。施托姆写道:"她现在是离开了,但是她无限真挚又完全无望地执着这段爱情,拒绝所有要接近她的男子,她自己曾认真地梦想过,作为独一无二的幸运,当她的心远远变得平静时她生活在我和康士丹丝这里。"[3,p.124]

施托姆为此自责,他在一封自白信中写道:"如果我在这段时间(被放逐期间[注6])要对自己责备的话,现在只是这样:对她,我想也只以普通人身份稍稍参与到她的沉闷生活中去,她的极其忍痛割爱的爱情里面。"这一点或许多少受到限制。不过,至少在他流放的第一年,她的生活肯定还和他有牵连。1855 年,他在波茨坦发给他父母亲的信中问道:"朵丽斯现在怎样了? 这个故事是很可悲的。倘若我再有一段好日子的话会让她参与其中,这也属于我将来想法。"此外,他在波茨坦时创作了两篇短故事:《在阳光下》(Im Sonnenschein)和《安格利卡》(Angelika),[3,p.124] 意味着他还未能忘情朵丽斯。[注7]

关于施托姆和朵丽斯相爱的程度,之前的传记作者都语焉不详,主要原因出自施托姆与康士丹丝的最小女儿盖尔特鲁德·施托姆(Gertrud Storm)。她试图让世人把他父亲看做一个伟大的诗人和一个大人物,只略有情绪化瑕疵而已。而一个有婚外情、对妻子过多索求、老抱怨自己的健康和缺乏坚强性格的男人,显然不符合她要建立的父亲的公众形象。她没有公开一些材料,她争辩说这些材料是太私人的了,所以说她是爱父亲的好女儿,但不是一个训练有素的日耳曼学者和文学专家。她对她父亲与朵丽斯的早期交往保持沉默,只说朵丽斯是他们家庭的朋友,和她父母保持着和谐关系。[9,p.23]例如,上面引用的《秘密》这首诗只发表过五段,1956年后,[注8]上面引用那段和另两段方始面世。盖尔特鲁德也没有发表施托姆给他的朋友哈特姆斯的信,在这信中,施托姆曾坦承了他和朵丽斯第二次婚姻的缘由:

"我年轻时的婚姻缺失一个要素:激情。孩子令人陶醉我无从抗拒,除此之外,康士丹丝和我的维系,更多只是在平静保持我们彼此喜欢这方面……"[2,pp.17-18]

朵丽斯和施托姆这段爱情和真诚是这样的没有希望,最后的结果却是康士丹丝死后不到一年朵丽斯成为施托姆第二任妻子。

施托姆和朵丽斯结婚,离他和朵丽斯上次分别过去了整整 18 年。曾有一次,当施托姆和康士丹丝还健康时谈到了他们自己的死亡,康士丹丝大度地对施托姆说过:"如果我死了,你应娶朵为妻。我相信她最善待我的孩子们。"[7,p.30] 真是一语成谶。

康士丹丝的姐妹们全然反对这一婚姻。[8] 由于她们的强烈反对,施托姆抱有负罪感并很压抑。朵丽斯也沮丧,而且这桩婚姻一开始就遇到了难题,原因是施托姆造成的。他试图在孩子们头脑中保留对康士丹丝的记忆,把死去的康士丹丝归属为"母亲",而称朵丽斯为朵姑姑。后来,朵丽斯对孩子们不再胆怯,与孩子相处也逐渐变好了。孩子们不满意称他们的新母亲为朵姑姑,1867 年施托姆写信给他的长子汉斯道:"爱柏最近说,'我要有一个完整的妈妈过圣诞节,其他人愿得到圣诞树,我现在只愿有一个完整的妈妈。'"小女儿爱柏(Elsabe Storm)的愿望第二年后得到满足。翌年,朵丽斯生下女儿弗里德里克(Friederick Storm),施托姆的第八个孩子,之后施托姆开始在孩子们面前混用"妈妈"和"朵姑姑"。再以后他本人也不说"朵姑姑"了。到这时,朵丽斯才算是被全家接受。[4,pp.54-56]

施托姆的小女儿盖尔特鲁德在她的书中这样评价朵姑姑:"她做繁重的工作,并且乐意去做,结果又给我们大家带回了美好时光。"[7,p.30]

若干年后,施托姆在给他朋友尼斯的信里表达了他对第二次婚姻的感受,尼斯也是失去第一个妻子后不久结婚的,信中说:"……然而你要忍耐,做事合乎情理,出自持续的善意,如果第一个妻子给过我们什么,我们必须把它们交给第二个妻子,直至她成长起来足以管好我们的家。她作为一个值得赞许的女友,你不要指望她对我前妻孩子们的感情,并且,你也不要再指望孩子们叫我的女友为母亲。"[8]

文献[3]作者指出，既不是初恋恋人贝尔塔，也不是已订婚年轻女子康士丹丝激发施托姆写出最美和最强烈的抒情诗，有能力激发它们的，却是施托姆对朵丽斯的激情，这激情释放出了最猛烈的诗歌涌流。施托姆承认："你们常读到的富有激情的诗歌，是仍戴在她头发上的花冠。"他还附加道："总有一天，他会把'他最美诗歌'的新花冠，给她本人，'戴在她年轻的头上'"。[3,p.126]

文献[3]的作者接着感慨道："所有的音弦在这首诗里都鸣响起来了。它们包括最温柔的感受及最富激情的渴望，面对我们唱出和诉说着最大的欢愉和最痛苦的不幸。沉闷炎热夏日和静寂月夜是这爱情的见证。让我们面对着激情的红玫瑰象忍痛舍弃的白玫瑰那样同时盛开。在抒情诗里，特别在爱情抒情诗里，施托姆以前没有过，今后也不会再创作这么美和这样结局的作品了。"[3,p.126]

施托姆为他自己不忠蒙受痛苦，因而付出的代价是极度折磨心灵的自责和悔恨。他认识到他的问题在于他的激情禀性和他的中产阶级意识两者之间的冲突。他和朵丽斯决定以认同公认的社会准则来解决。这个认识在他以后的诗篇和一些婚姻为主题的小说里得到反映，[2,pp.17-19]如1861年出版的《维罗妮卡》(*Veronika*)和1871年出版的《三色紫罗兰》(*Viola Tricolor*)。

小说《维罗妮卡》描写了天主教徒维罗妮卡与年龄比她大很多的司法顾问新教徒弗兰茨的婚姻。弗兰茨是个大忙人，经常丢下妻子，让他充满魅力的年轻侄子鲁道夫去陪她。相处中，维罗妮卡知道鲁道夫的意图，他会给她带来危险，于是尽量躲避他的陪伴。但她感情上还是陷入了迷惘，最终她决定去找神父忏悔请求得到宽恕。到了忏悔室门口她又退缩没找神父，却转身直接去告诉她丈夫，她经历着一度威胁他们婚姻的诱惑，而现在正努力克服它。

小说《三色紫罗兰》又名 *Wild Pansy*，其中拉丁文 Pansy 在德语里理解为小继母(Stiefmuetterchen)。小说描写伊尼斯和鳏夫鲁道夫的婚姻。伊尼斯进入鲁道夫和他女儿尼斯的生活时遇到困难，不知所措，因为父女俩仍滞留在鲁道夫前妻的生活氛围中，伊尼斯有了自己的孩子后，她才与鲁道夫和尼斯真正融为一家。

这两篇小说正是施托姆和朵丽斯对过往和现在生活认识变化的真实写照。

1.6　评论

施托姆生命中的四个女性,如果说他早年与爱玛的感情还带有少男少女青涩的成分,他对贝尔塔、康士丹丝和朵丽斯则是认真的。

贝尔塔拒绝了施托姆,她太年轻了,那时才 15 岁,相信她还是个单纯未谙情事的大孩子。后来和以前一样,她把施托姆看成一个培养她热爱诗歌、音乐的年长同伴,或是其他。贝尔塔对这段感情的想法没有任何记录,只有她的过世遗物给人们留下极大的想象空间。许多年后施托姆感叹:"啊! 如果她成为我的妻子!"这一"醒悟"多少让人觉得失落,为他本人,更为贝尔塔。

施托姆决定与康士丹丝订婚时,应该说理智成分大于感情。有评论说且施托姆本人也承认过,他们是亲情为主的无爱婚姻,缺乏激情。也有评论说,即使两人中间有过风波,其后关系变得日益相爱,施托姆写大量爱情诗献给康士丹丝便是明证。两个表观矛盾的结论,真实地反映了施托姆情感前后演变的复杂性。

朵丽斯始终是个痴情女子,与施托姆诀别后决意独身终老,也这么做了。为了施托姆,康士丹丝和朵丽斯身心都作出了巨大的付出和自我牺牲。施托姆对他前后两个妻子的情感孰深孰浅,不妨读一下康士丹丝病逝后一年,1866 年 4 月施托姆写给密友 Hartmuth Brinkmann 信中的一段:

"……我的生命,与人们称为韵文(Poesie)的诗篇一样,已分给了两个女子,一个是我孩子们的母亲康士丹丝,她长期是我生活中的星座,现在我不再有了。另一个仍在,她远离我单独生活,情绪经常处在压抑依赖状态,渐次老去。我一直爱着她们俩人,现在我还爱。谁是至爱,我不知道。曾经的最震撼人心的激情使我感到它们还存在。你们常读到的富有激情的诗歌,是仍戴在她们头发上的花冠。她们是两个人,虽然还很不一样,都是我生命中找到的最甜美最温柔的女性,具有对所爱的人能作无尽牺牲的品格……"接着还写了他梦到康士丹丝种种,写得相当直接。[6,p.133]

就在写出此信后两个月,1866 年 6 月施托姆与时年 38 岁的朵丽斯结婚。人们颇有议论。事实上,至少是孩子需要照顾加快了这一再婚决定。之前施托姆和康士丹丝的教育原则是把孩子托付给外人监管,基本上这试验是失败的了。虽然对死者的怀念意味着一个不能忽视的心理负担,现实问题的存在,促使朵丽斯终成为 7 个孩子的第二任真正母亲,前妻最小的孩子年龄与她自己 1868 年 11 月出生的女儿相当。小说《三色紫罗兰》淋漓尽致地描写了继母在初期与孩子们的冲突[6,p.134]。

纵观本书所罗列的文献内容,虽然只是研究施托姆资料的极少一部分,但也有一定代表性。那就是,世人对施托姆情感问题的报导众说纷纭,评论却极为节制,少有涉及道德层面的。

联想到在中国近代诗人中,才华横溢、性情率真、情感丰富、婚姻出轨、性格缺陷以及女性甘为其无悔付出等方面,能与施托姆相仲伯的大概就是诗人徐志摩了。

第二部分 《茵梦湖》资料

2.1 《茵梦湖》导言

请读者留意,本节"《茵梦湖》导言"的作者盖尔特鲁德·施托姆在文中交替使用的"诗人"、"父亲"、"他"、"台奥多尔"均指施托姆,图霍·摩姆生是施托姆的好友。以下是全译文。

盖尔特鲁德·施托姆著[7][注9]
它有巨大魔力,将我们带到往日的岁月。

《茵梦湖》导言

我坐在我的小小的舒适的工作室里原先是父亲的书桌前。父亲将他年轻的妻子康士丹丝带到建筑在拥挤的新城(Neustadt)有三角形山墙的老房子里,书桌也从胡苏姆的"凹巷(Hohle Gasse)"迁入新城。书桌伴随流放中的我的双亲到过波茨坦、圣城(Heiligenstadt),再回到胡苏姆。除了《白马骑士》是父亲70岁时在一张新书桌上写成的之外(这张新书桌是基尔城妇女们赠送的),父亲所有小说诗歌都是在这张书桌上完成的。这张充满多年记忆的旧书桌,现在仍放在我紫藤缠绕的房子里。我就是在它上面完成了描述我父亲生活的两卷书。

落日阳光透过我那斗室的窗口射入,但凡我举目仰望,就见到摆满父亲作品的书架。我母亲[注10] 总喜欢把我父亲称为"芳香豌豆"的木犀草系在胸前,它的甜蜜气息充满我这静谧的房间。

面前书桌上放着紫色硬皮书《茵梦湖》,这是父亲为《夏日故事和诗歌》一书里的《茵梦湖》初印本的亲笔改写稿,带有图霍·摩姆生的书旁批语。横贯紫色硬皮面印着一行表征稿纸规格的黑色大字。我父亲随意拿了张截自"国民日历"的硬皮纸,把它改成《茵梦湖》小册子的封面,里面除了小说《茵梦湖》外,还包括一首诗《致逝者》,用于对他深爱的妹妹海列涅的思念。

图霍·摩姆生称这本充满青春自身魅力的小说是"艺术僵化"。关于这本小说,诗人很晚才对父母写道:"从我写成这本小说以来已过去很长时间了,痛苦的折磨一再压抑着我。我自己必须考虑到,我就是写它的人。现在事情离我很远了,但从远处我更清晰地认识到,这本小书是德国小说的珍宝,在我以后很长时间,这本小说以其魅力和青春会攫住年轻人和老年人的心。"

标题《茵梦湖》下是我父亲清晰的手迹:"带有图霍·摩姆生的书旁批语,带有作者的改写"。在它旁边是图霍·摩姆生写的:"场面生动,艺术僵化,摩姆生"。再是我父亲的手迹:"这改写已印在《夏日故事和诗歌》里"。(柏林,顿克出版社 A. Duncker 出版,1851年)小说的结语下面,图霍·摩姆生写道:"猎人打下的山猫,厨师绝对烤不成兔子"。[注11]

《茵梦湖》是诗人第三部诗意小说,诗人在小说里寻求摆脱他青年生活时期最初的巨大失望。他称它为"我心灵的空想","始于本心,没有沉沦,依然逝去"。这段隐秘历史怎样发生,我愿意用简单的话叙述一下。

小台奥多尔·施托姆 9 岁前入初等学校,其后入胡苏姆的文科学校,在这之后,我的祖父母送他到吕贝克,再上一年那里的高级文科学校。那时候旅行不常有,艰难,绝大部分旅行都是步行。因此,年轻的高级文科学校学生台奥多尔·施托姆的 1835 年、1836 年圣诞节没有在胡苏姆过节日,而是在阿尔托那他母亲的亲戚商人谢里夫那儿。1835 年圣诞节,德列莎·罗沃尔和她的养女贝尔塔·冯·布翰,一个 10 岁孩子,也是谢里夫家庭圣诞节的客人。贝尔塔的母亲死了,父亲在国外生活,他把自己唯一孩子的教育,托付给这个出色的妇人,以期代行孩子母亲的位置。这个有碧蓝眼睛、带着调皮表情的嘴唇和深褐色头发的孩子,给 18 岁小伙子留下了深刻印象。

从那个圣诞节夜晚起,他有了想法,为对贝尔塔负责,要对她进行精神层面上的教育。使他感到某种幸福的是,他读懂了这虔诚孩子灵魂里的东西,没有杂念地如实写下。我父亲回吕贝克后,写了赠给贝尔塔的第一首诗《年轻的爱情》,今天在诗集里还有它的地位。

年轻的爱情

1. 你的眼睛是碧蓝的,

   你的卷发是深褐色的,

   爱耍脾气孩子特有的调皮嘴唇,

   她的心完全顺从我,

   克制住她所有的叛逆情感。

2. 她梦幻般坐在我前面,

   双腿悬摆在桌上,

   她现在跳了起来,靠在我椅子扶手上,

   时而生气时而沉默。

3. "我喜欢你!""你很有趣。"

   "我喜欢你!""啊!这我早知道了!"

   "我喜欢新的不是瞎编的故事。""你别讲,我去一会儿回来。"

4. "那你听着！我最近做梦。""这不是真的！"

"是真的！我做梦，我清楚看到，你自己穿着漂亮衣服上街，挨在一个男人臂边安逸地闲逛,而这个人……"

5. "有这个人吗?"

"这不是我!""你说谎!"

"我的宝贝,我真的看见了你,你们炽热的眼神相互对望,我一直久久站着,却迎来你冷淡的目光。"

"我告诉母亲!"这个孩子喊道冲向门去,

我必须迅速抓住她和这作恶的嘴唇,

她做错事要罚,没有宽宥。

贝尔塔也很快给她朋友回赠了她小小的心意。他为她构思并写出童话、谜语和诗歌,并将诗歌随后谱成歌曲,每次他到阿尔托那拜访时,贝尔塔便给他演唱。此后,台奥多尔不仅在阿尔托那过圣诞节,而且圣灵降临节(Pfinsten)和复活节也在那儿,以便接近这个孩子。

在阿尔托那,老人们坐在前厅闲谈,台奥多尔和贝尔塔逗留在后厅,落日阳光将它最后的、变幻成金色的光束投射进来。他坐在他去世舅舅有靠背和扶手的椅子上,而她在靠近他脚旁的踏凳上坐着,身体信赖地靠着他的膝盖。于是他开始讲古老的故事:被链条锁住的小女王,看管她的龙及战胜这只野兽的骑士。当年轻诗人讲小女王时,贝尔塔就是他看见被链条锁住的那个胆怯的孩子。后来,他想象中要拔出重剑为她冒生命危险。他的童话和歌谣的所有形象,对他来说,都化身为他整个精神和思想归依的这个孩子。

我所属的物件里有一本用棕色皮革包书脊和书角的小书,书中父亲记录了他与这个孩子的欢庆时刻。

卷发姑娘

"到我这儿来,我的卷发姑娘,

到我这儿来,请坐下,

我唱歌时你静静听,

听那古老的歌。"

那欢欣的娇小笑脸,

安静地坐在我膝旁,

我拿起金色六弦琴,

弹着并唱起古老的曲调:

绿色池塘旁,

一个脸庞苍白的男孩子,

孤独地歌唱。

深不可测的地底下睡着那女妖,

那首歌一再唤醒了她。

漩涡流中浪花四散,

波涛上下翻滚,

月光下静静地呈现出一张苍白脸庞。

"亲爱的小伙子,

新娘在召唤他!"

女妖轻轻地唱着,

洁白的手臂冷如冰雪

立即拥抱起小伙子。

"在你的臂膀里

多么温暖，多么美好，

亲爱的小伙子，让我们开开心吧！"

女妖边唱，

边把死般的冰冷

塞进小伙子的心。

"现在，我心爱的小伙子说些什么呢！

你受惊吓都说不出话了。

你这样地害怕那古老童话，

把你的口舌和脉搏都冻住了？"

于是她用温柔的臂膀，

牢牢地抱紧我！

"你唱这样糟糕的歌，

让人感到太悲伤。

你，脸庞苍白的小伙子，

你唱起那支苍凉的歌，

冰冷的女妖，

沉醉在漩涡里，上下翻滚沙沙作响。

她向你伸出手臂，

把冰冷的心塞进你胸膛。"

我吻着那发紫的嘴唇，

她微微靠在我的胸膛，

我温柔地拨动琴弦，

弹出了那支欢快的曲调，

"卷发姑娘就是那女妖，

她紧紧拥抱着我，

而那脸庞苍白的可怜小伙子，

一颗心激动得几乎裂爆。"

1837 年 1 月 17 日

在一摞发黄纸页间我发现《茨冈顽童与茨冈姑娘》，我父亲那次为他心目中的孩子贝尔塔写下了它。贝尔塔和她的年轻的新娘女友一起，在婚礼前夕表演过。它没什么文学价值，只属于一段天真无邪的爱情故事。

<h2 style="text-align:center">茨冈顽童与茨冈姑娘的对话</h2>

男顽童：

这个冬天夜晚你拉着我走，

德列斯森，我想，那儿是我们约定的地点，

节日灯火辉煌，鲜花盛开，

蜡烛燃起欢乐的亮光。

德列斯森：

蜡烛燃起，这里是我们约定的地点，

我的小伙子，走吧，跑向门那边。

男顽童：

唉，让我练习一下自己的本领。

你知道，我必须说出许多至理名言。

德列斯森：

你这个傻孩子，不要有伤心人的胆怯，

你会觉得，没有恨就没有爱，

谁询问关于未来的谜语，

他心里必然已带着答案。

男顽童：

我就这样啦！

德列斯森（一半是对自己说）：

我觉得，幸运驻留在这儿，

牧羊狗睡了，这里可以让孩子们玩耍，

那就去，我给自己找出新娘。

我会从很多人中轻易地认出她，

一双棕色眼睛，它们看来是那么独特，

宛如树林边缘的晨光，

宛如晨光里的初开玫瑰，

宛如花芯里的一滴露珠。

（男顽童跟在后面，德列斯森走进前面的妇女人群寻找，手指
放在嘴唇上说）

大概，是金发的这位？不是，是黑发的那位？不是！

（走到新郎前）

我的心告诉我，你必定是我要找的！

请伸出你的手，我不会让你后悔。

男顽童（飞奔到新郎前）：

先生，上帝保佑你，你就是新郎，

我恰恰一眼就看出是您,对吗?

姐姐说,只有她才能做预言。

我还总不愿意冒险,

让我根据女士的手相,说出她的运气,

然后你们会看到,在形形色色人心里躁动着的东西,

往往是写不下来的。

(他以生动的表情看那只手)

德列斯森:

在我讲话之前,您必须信任我,

母亲是属于聪明妇女那一群。

在很多个可怕夜晚,她教会了我

怎样观察揭示关于未来的谜底。

我出生在波希米亚土地大森林里。

深深的矿井,

隐秘沉睡着晶莹透亮的世界,

微微翻滚的血色波浪

沉淀凝成块块红宝石。

午夜间,漆黑森林树枝间切切私语,

象牙号角欢快地此起彼伏响起。

男顽童(他再次看那只手):

先生,您有,您有过一颗心,可惜现在不再有了。

只留下一小块空地方,我还非常仔细研究了,

那是变化多端的诡计。

而看这里! 您的新娘的心,您要信任这颗心。

德列斯森：

轻柔的十字架，朝那边微微飘动，

您不是总能等到快乐的，或许，会更快乐而后更沮丧。

生活依旧没给您绽放奇迹，

你一辈子再不会找到奇迹。

（继续读下去）

男顽童

现在注意了，这里的密密的几行字。

新郎先生，它指的是您，

这儿，在旁边，那长长一行字说，

这个年轻的新娘，是您的宝贵生命，

然而，在你们相遇之前，会有曲折。

它表示一长期沉默的趋势。

（在德列斯森气质里有贯穿她一生的认知痛苦，这种认知能力乃是展示未来事物的严肃艺术赋予她的。男顽童是可靠的，天真又鲁莽。）[注12]

我父亲怎样颤栗不安地焦急等着这个孩子到来，向她讲述这本小书中这几页或是另几页。这段爱情命中注定没有结果，只成为他的回忆：

"我想到过，如同多年前我坐在小房间里，坐在已故舅舅的旧靠背椅子上仰望，下午对我总是没个完，一直要等到她和她母亲来的那一刻。我从祖辈物品里取出好多书放在自己面前，读啊读，我根本不知道自己读了些什么。午后阳光暖暖地射进来，照着墙壁上的古铜板雕刻。我眼睛掠过房间四周的书籍，所有祖辈的家具将我置身于一种奇妙宁静和虔诚的氛围中。这时候，我设身处地想象,我祖辈从什么地方带来这些东西并为之迷恋。我想起祖母对我谈到过去他们的节日和婚礼,让我们听得津津有味。我想到,很多年仍让我不能忘却那旧日时光,它有深刻的魅力。"

装饰阿尔托那的谢里夫家房间的祖辈的家具,以前放在胡苏姆"凹巷"我父亲的曾祖父沃尔德森的宽敞房子里,由过世姑祖,沃尔德森的女儿露西·埃森赠送。在这迫切等候时刻,他可能内心已经开始萌发诗歌《在大厅》(*Im Saal*),《在阳光下》(*Im Sonnenschein*)和《在曾祖母,祖母的房子》(*In Ur- und Grossmutters Haus*)。昔日时光,具有深刻的魅力。

1837 年我父亲离开吕贝克去上基尔大学。他迷恋的心仍然把他牵向阿尔托那的那个孩子。从最真实最深刻意义来讲,贝尔塔现在是他最大的财富。他的心到了完全且永远迷醉她的地步。他向谢里夫太太[注12]承认:"现在我必须对你说出这不可理解的事情,我那时就已爱上了这个孩子,不要让你想得太多,你要无条件地相信我。"后来,学习时间将近结束,这个年轻的法律学者和德列莎·罗沃尔展开了认真的信件交换。他向她承认他的爱情,并对她说明他的境况。德列莎回答道:"对我养女的母爱给了我公认的相当大的权利,当然我不具有这权利决定她的事。我愿您避免年轻化情绪,用您的心理智地深思熟虑。"

强烈的爱情无法长时间抑制住他的追求。他去阿尔托那他朋友诺尔特·基多那里,对他朋友吐露自己的心事,无论如何他要证实(贝尔塔对他的爱情是真实的)。已是复活节了。复活节周日,他和朋友诺尔特去了天主教教堂。布道已经开始,于是他们就去唱诗班,所以一直没注意到贝尔塔的到来。当这个求爱者从台上向下眺望,下面,一个苍白可爱的脸庞仰起对着他。他觉得,是她,他相信,她也认出了他,她的虔诚饱含着爱的虔诚。布道后开始唱诗,声音传得远远的。他相信,管风琴琴声来回仿佛传播他爱她这个想法。他心里坚信,她理解他,她知道他为什么来,她爱他。从教堂回来后他写信给贝尔塔,向她交心。对他说来,他的爱情乃是最单纯、最清楚、最自然的。彼此情感冷静,由情感最深处萌发出奇异花朵。

而贝尔塔还只在她幻想魔镜里看世界和人生。她爱她的朋友,但她还没有长大成为女人,还没能够作出对她整个人生至关重要的决定。我父亲寄给她《祝福你》和《你眼睛依然故我》两首诗诀别。[10,p.47,p.49] 对此他写道:"保留所存的诗,是为了回忆或标志我的爱情。"

祝福你

祝福你,祝福你! 我向空中呼喊,

在你的臂弯里我犹豫地说不出,

我重复向你说时,

没有激动的心,没有含热泪双眼,没有痛苦言词。

祝福你,祝福你! 我对波涛呼喊,

它吹走并吞攫了那祝福,

可怜的言词得不到安宁,

我缺乏那颗生机勃勃敏感的心。

你的微笑渗透我每一时刻,

我常常听到:"醒来! 这是个梦。"

我不能领会,当前我全然不理解:

"我醒了,梦就消失了。"

祝福你,祝福你! 它是最后一句话,

甜蜜的嘴唇没有给我其他的,

所有都被吹走,所有喜悦都离去,

"啊! 这暂短的爱情就是整个一生。"

愿仁慈上帝给你带路!

远离开我,可能还有你的幸福。

你开始你整个人生,而我依然回到并生活在那被遗忘时光。

我的心跳得那么响,为你而那么响,

思念与时空交织一起。

祝福你,祝福你! 我要充实起来,

这首悲哀的歌会冲淡那被遗忘的时刻。

你眼睛依然故我

为什么你的眼睛依然没有眼泪?

在烛光明亮大厅,舞曲魅力的音调里,

我长久痛苦地绝望战栗

从未悄然地打动过你?

啊,你感觉到了吗? 我不能再承受了!

你知道,你是我整个生命,

所有创作日子和我青春魅力的巨大幸福

都由于有了你。

在我的爱里培育你成长,

当你的卷发还没系起飞扬,

你的美丽还没被他人的眼睛追随,

我就一直爱着你,你是我的宝贝。

你是否从未觉察到你的朋友

这个夜晚对你唱着嘹亮的歌，

你默默靠在他的肩上，

在饱满声音中间虔诚地聆听？

啊，绝不要感受过去怎样地痛苦！

我确信，你会感受到

在你我心灵撞击的每一个火花，

上帝呼唤你出世，他把你托付给我。

啊，回来，

过去的一切化为阴暗的痛苦记忆，

你的嘴唇仍像花儿，开得那么红，你的脸颊仍然炽热，

我的心会像你的一样，坚强和年轻！

一年后[注14]，德列莎邀请我父亲再次拜访她们的家，无拘束地保持过去的关系，我父亲回答道："我不能了；像是天塌下来压在我身上，我必须避开。愿您生活好，上帝赐福您，并愿贝尔塔拥有一次像我心底里交给她那样的爱情。"

两年后，我父亲和康士丹丝·爱斯玛赫订婚。贝尔塔·冯·布翰身影逐渐消退了，她没有结婚，她养母死后她搬到汉堡高龄养老院(Oberaltenstift)的一个小居室。芬芳的花摆满她的小房间，鸟儿们的歌声慰藉着她年老的心。

宛如渐渐消逝的歌声，贝尔塔·冯·布翰的名字不时穿行过我父亲的信件和故事。我以父亲赠给贝尔塔最美的一首诗，来结束这段天真无邪的短小故事：

你太年轻了

你太年轻了，他们称你为孩子，

你是否爱上我，你自己并不知道，

你会忘记我，和这些日子，

你举目仰望，而我已离去，

对你说来宛如梦中的一夜。

可能再没其他人清楚地知道小说《茵梦湖》初印本的结尾部分是怎样陈述的了。它就在我手头，在我面前书桌上放着的紫色本子里面。它不适合我这篇作品的架构和向我诉说的气氛，但因为它仍属于《茵梦湖》形成的历史，所以我还是在下面给出初印本的结尾：

莱因哈德清晨离开茵梦湖，不再回来了。他不再回头去看，他匆匆地冲了出去，寂静庄园逐渐在他身后面隐去，广袤世界在他的前面展开。

小说然后继续，几乎不像是台奥多尔·施托姆写的。页边有摩姆生的几乎看不清楚的铅笔字迹："我们在这儿读到糟糕的论述，空洞的散文。摩姆生"。

若干年后，我们发现莱因哈德来到远离刚描述场景所在州的北部边远地区。不久他母亲就过世了，后来他寻找公职并得到一个位置，于是便进入按步就班的日常生活。他的职位要他与男男女女各种人会面，而不只是自然交往的需要。他经历过的和爱过的，在如今种种刺激之下，越发退到次要的地位。多年过去了，习惯渐成自然，他感觉的敏锐性被消磨殆尽或者至少是沉寂了，他和大多数人一样，置身于外界生活事务。

最后他娶了亲。他妻子善于持家并很和善，于是一切进入他安排好的轨道。但有时，不过很少，他表露出当前和记忆间的矛盾。他会整个小时站在窗前眼睛凝视着，失去了欢乐时光芒四射的色彩。当透视过去的最深处，一个景象浓于另一个景象交替出现时，他的眼变得炯炯发亮，这绝大多数是埃利希的信来到的时候。信几年一封，以后越来越少，最后完全没有了。莱因哈德只能不时从旅游路过的朋友知道，埃利希和伊莉莎白仍和以前一样，住在他们宁静庄园里过着与世无争的日子，他们没有孩子。

莱因哈德婚后第二年有了个儿子，因而带给他极其激动的心情。那个夜间，他跑到外面迎风喊道："我有了儿子了！"他把孩子抱在胸前，流着泪对着孩子小小的耳朵，低语着温柔的话，仿佛对他情人一生中都没说过这些。然而没到一年，孩子死了，从那时起他们的生活变成没有孩子的婚姻。30 年后，他的妻子如生前那般温柔安静地离世，他辞了职，向北搬迁到德国最北部边远地区。他在小城里买了座老房子节俭地生活。从这以后，他就没听到过伊利莎白的任何消息。现在，当下生活对他说来占的份量越来越少，炯炯有神的黑眼睛更明亮地显现那遥远的过去，他年轻时代的爱人可能从来都没有像现在，在他如此的高龄时贴近他的心。他的棕色头发变白，步履迟缓，瘦长形体也佝偻了。但在他的眼睛里，仍然有着未消失青春的光芒。

然后"老人"这一章的开始：

"我们在故事的开头看到了他，现在他返回他脱下衣服的房间，返回他思念他们早年漫游的场景。"在这些字句后面，小说的古老魅力再度笼罩读者。《夏日故事和诗歌》的作者把以上这段结尾完全删去，给出了小说今天的版本。

2.2 《茵梦湖》初印本和标准本比较

施托姆在世时,根据其 1851 年标准版《茵梦湖》已出版了 30 版,译成 17 种文字。本节介绍 1849 年初印本和 1851 年标准本的不同之处。

(以下内容全部译自文献[11])

1849 年,施托姆把《茵梦湖》初印本寄给他的朋友图霍·摩姆生。他们俩是在基尔读大学时相识的。他们和图霍·摩姆生另一个兄弟合作,三人在 1843 年出版了一本书《三个朋友的诗集》。施托姆与摩姆生两兄弟以及他中学同窗费尔第南德·罗斯(Ferdinand Roese)交换对文艺和观念的看法,使得素来顽固的施托姆也学会了接受批评。他们收集家乡的诗歌、传奇、童话和歌谣,连同他们自己的创作一起出版。

1849 年图霍读了《茵梦湖》初印本,他尖锐地批评它是"场面生动,技巧僵化",并引用了歌德的诗《猫馅饼》(Katzenpastete)其中的两句:"猎人打下的山猫,厨师绝对烤不成兔子。"换句话说,图霍不喜欢这篇小说,他看不出读者和批评家能从它获得什么有价值的东西,[9,p.7]但是,他依然提出了若干建议供修正。

图霍建议施托姆应缩短一些段落:

1.圣诞节场景。

2.细致描述莱因哈德学生生活的场景。

3.莱因哈德和伊利莎白母亲谈论民歌的冗长段落。

4.莱因哈德离开茵梦湖后追求发展的生活细节,包括他完成学业后从事国民服务职业,成婚,有了孩子而孩子夭折了,妻子死后他的平静生活,回归钻研他以前的学问并孤独地生活。

施托姆认真地接受图霍的批评,小说在《夏天故事和诗歌》付印前作了修改。初印本更接近施托姆的个人生活,但缺乏标准本的细致艺术技巧,后者在主题方面有更大的普遍性。

标准版较之初印版大幅改动了"采草莓"、"市政厅地下室"、"花厅"、"和乞丐不期而遇"、"莱因哈德其后的生活"五个场景。几方面的变化总结如下:

1. 主要通过删除不相干的段落和场景,节省了叙述。标准版较之初印版篇幅少了 10% 。

2. 主要通过重复作品的主题和象征,删除总结性和"过渡"性句子,很大程度上加强了小说的整体统一。

3. 省略作者的干扰,初印本里写入的"我们"以及圣诞夜莱因哈德踯躅街头时,"他感到有点懊悔和痛苦,第一次不再属于这个节日了"等,都被删除,让位于直接对象的叙述。

4. 初印本里已是不足的情节被进一步"内向化(verinnerlicht)",突出了基调,尽量减少连接用的叙述。

5. 暗示(suggestion)技巧和沉默(silence)一般艺术原则演化成:

(a)若在陈述(stating)和描绘(rendering)之间选择,此处借用亨利·詹姆斯(William James)的术语[注15],描绘优先。

(b)实际上删除了心理分析。

(c)由台下(offstage)代替主要表演(act),也就是将小说关键时刻包藏在沉默、有克制的陈述和戏剧化态势里面,用它们取代这些表演。[11,p.20]

初印本此后再没重印过。[11,p.31][注16]以下将初印本和标准本不同之处列表,逐一比较。[11,pp.22-37](下划线处为笔者所加,突出或提示易忽略却又重要的相异地方。——笔者)

初印本	标准本(巴金《蜂湖》译文)
1. 无标题	**老人**
2. 无标题	**孩子们**
这儿不是他一个人,不久一个小女孩的秀美的身子到他面前来了。	不久一个小女孩的秀美的身子到他面前来了。
天使对他招手,一直走进山岩里去了。出现了一个男人并跟着他,他们未受阻拦穿越岩石之间向远处走着,他们每向前走一步,面前的山岩便轰隆地裂开。莱因哈德这样讲着,伊莉莎白注意地听着。	天使对他招手,随后一直走进山岩里去了。伊利沙白注意地听着。
"这我就不知道了。"他答道,"但就是没有"。	"这我就不知道了。"他答道。
小鹰发誓等他的翅膀一旦长成,马上就向**可怜**老鸦报仇。	小鹰发誓等他的翅膀一旦长成,马上就向灰色老鸦报仇。
突然使他有一种感觉,**像是**不允许他触动这古老故事。	可是他不知道为了什么缘故,他总没有能够做到。
3. 无标题	**林中**
这时大家还想再次在一起,一同愉快	这时大家还想在一块儿再玩一天。因

感受大自然。因此他们组织了一次到附近树林里去的较大的野餐会。

他们首先得穿过一个松树林,在炎热的上午阳光下,黑色树冠构成难以穿越的华盖。那里又凉、又阴暗,地上到处都是细的松针。边走边向上爬,半点钟之后他们走出了黑暗的松林,

在一块空地上,古老的山毛榉树梢向上拔高成为一顶透明的叶华盖,众人便停下来在这里休息。

你们每个人拿两块光光的面包做早饭;黄油留在家里没有带出来,配面包的东西要各人自己去找。

于是他们走进了树林,他们走了一段路,一只兔子蹦出越过路。"不好的预兆!"莱因哈德道。漫游变得更艰难了。时而他们必须跨过有阳光照着的宽宽石堆,时而攀越大岩块。"可是你的草莓在哪儿呢?"她停了步深深呼吸了一口气,末了问道。在说这些话时他们绕过陡峭石棱。
莱因哈德作了个惊异脸部表情,他们站在这里,他说,

此他们组织了一次到附近树林里去的较大的野餐会。

他们首先得穿过一个松树林;那里又凉、又阴暗,地上到处都是细的松针。走了半点钟之后他们出了黑暗的松林,

在一块空地上,古老的山毛榉树梢交织成一顶透明的叶华盖,众人便停下来在这里休息。

每个人拿两块光光的面包做早饭;黄油留在家里没有带出来,配面包的东西要(你们)各人自己去找。

伊利沙白扎紧她草帽的绿带子,把帽子挂在胳膊上。"走吧,"她说,"篮子准备好了"。
于是他们走进了树林,越走越深;他们走进潮湿的、浓密的树荫里,四周非常静,只有在他们头上天空中看不见的地方响起了鹰叫声;以后又是稠密的荆棘挡住了路,荆棘是这样地稠密,因此来因哈德不得不走在前面去开了一条小路,他这儿折断一根树枝,那儿牵开一条蔓藤。可是不多久他听见伊利

沙白在后面唤他的名字。他转过身去。"来因哈德!"她叫到,"等一下,来因哈德!"他看不见她;后来他看见了她在稍远的地方同一些矮树挣扎;她那秀美的小头刚刚露在凤尾草的顶上。他便走回来,把她从乱草杂树丛中领出来,来到一块空旷的地方,那里正有一些蓝蝴蝶在寂寞的林花丛中展翅飞舞。来因哈德把她冒热气的小脸上润湿的头发揩干;然后他要她戴上草帽,她却不肯;可是他一再要求,她终于同意了。

"可是你的草莓在哪儿呢?"她停了步深深呼吸了一口气,末了问道。

"它们本来在这儿,"他说,

我们林中迷路时

一群闪光的青蝇,
营营在空中飞舞。

4. 没有标题

(没有给出诗的标题)

一群营营的青蝇,
带着闪光在空中飞舞。

孩子站在路边

莱因哈德进入远方城市的一所大学。**学生生活的梦幻般穿戴打扮和自由自在的环境促进他天性中不安分的一面。他过去宁静生活和以前人际圈子已一去不复返。他给母亲的信的内容越来越缩水,里面不再有童话给伊莉莎白。这样伊莉莎白也就不写信给他,而他却几乎没有觉察到这点。误解和爱情,开始构成她在莱因哈德青年时段那一部分生活。日子就这样月复一月地过去了。**

最终圣诞节来了。一伙大学生在市政厅地下室里围了一张橡木桌子坐着,后面是一瓶瓶莱茵葡萄酒。那时下午还刚刚开始,墙上的灯已点了起来,因为在下面,这里已经暗了。学生们唱着拉丁文歌词的饮酒歌和莱茵葡萄酒,出席者坐在桌子两端,每当合唱结束,他们用一直拿在手上闪亮的剑相互碰击。这伙人大多数都带着红色或兰色镶银便帽,莱因哈德也算数,除他之外,他们都用长长挂有笨重装饰球的烟斗吸烟,他们也知道唱歌和喝酒时烟斗要不断地保持点火。离这儿不远,圆顶屋下角落里坐着一个小提琴师和两个弹八弦琴[注17]的姑娘,

圣诞夜快到了。——来因哈德和别的几个大学生在市政厅地下室里围了一张橡木桌子坐着,那时还只是下午。墙上的灯已点了起来;因为在这儿下面已经黑暗了;可是只有寥寥几个客人,伙计们都闲散地靠在墙柱上。在这间圆顶屋的角落里坐着一个提琴师和一个有着秀丽的吉卜赛人容貌的弹八弦琴的姑娘;他们把乐器放在膝上,没精打采地望着前面。

在大学生们的那一桌上香槟酒的瓶塞打开了。"喝吧,我的波希米亚爱人!"一个阔公子模样的年轻人说,把满满的一杯酒递给她。

"我不要喝。"她说,连动也不动一下。

他们把乐器放在膝上,冷漠地望着酒宴。

学生桌子那边喜欢轮唱。莱因哈德邻座刚唱完,"下一个"他喊道并把酒杯翻向下。莱因哈德立刻接唱:

拿酒来,酒让我脑子着火

拿酒来,就要整整的一桶

黑黑的小妮子,太漂亮了,

她真是个女妖精!

然后他举起杯,像前面那个一样翻向下。

"老兄!"另一个在座者喊道,把酒倒满莱因哈德的空酒杯,"你的歌谣比你的喉咙来得更渴。"

"下一个!"莱因哈德喊道。

"乌拉! 来音乐!"第三个人喊道。

"来音乐! 我们唱,那该死耍小提琴的家伙。"

"慈悲的先生们,"小提琴师道,"老爷先生们爱快乐地整个儿轮流唱, 我们根本不能这么快跟得上!"

"废话,他妈的黑色谎话! 那个弹琴黑妞任性,你是她百依百顺的仆人!"

小提琴师对那姑娘耳语说了些什么,但是她拧过头,下巴支在八弦琴上。

"我不会弹那些。"她道。

"善人先生们,"小提琴师喊道,"那八弦琴不能弹了,玛姆瑟尔丢了个拧弦螺丝,我和凯蒂会尽力给你们善人伴奏。"

"那么唱吧!"阔公子嚷道,他掷了一个银币到她的怀里,姑娘伸手慢慢地掠她的黑发,提琴师在她的耳边低声讲了几句话。她却仰起头,把下巴支在八弦琴上面。"我不为这个唱。"她说。

来因哈德手里拿着酒杯跳起来,站到她面前去。

(被删)

"兄弟",打招呼的那人道,手砸在莱因哈德的肩上,"你把那个小妞整个给我们带坏了。去,给她带回那拧弦螺丝调好琴,我会给你唱你最新的歌作为补偿。"

"好啊!"其他人喊道,"凯蒂太老了,一定要那小妞弹。"

莱因哈德手里拿着酒杯跳起来,站到她面前去。

"你要做什么?"她傲慢地问道。 | "你要做什么?"她傲慢地问道。

"看你的眼睛。" | "看你的眼睛。"

"我的眼睛跟你有什么相干?" | "我的眼睛跟你有什么相干?"

莱因哈德两眼发亮地朝她的脸望下来。"我知道它们是假的!**但是它点燃了我的血**。" | 来因哈德两眼发亮地朝她的脸望下来。"我知道它们是假的!"——她用手掌托着腮,仔细地打量着他。来因哈德把杯子举到嘴边。"祝你这一对漂亮的、害人的眼睛!"他说,便把酒喝了。

莱因哈德把杯子举到嘴边。"祝你这一对漂亮的、害人的眼睛!"他道,便把酒喝了。

她笑起来,动了动头。 | 她笑起来,动了动头。

"给我!"她说,**一双黑黑的眼睛**盯住他的双眼,同时**慢慢地**喝完他杯中剩酒。然后她拨起弦,小提琴师和另一个姑娘插进演奏,**她和着莱因哈德的歌**,深情低声地唱。 | "给我!"她说,**一双黑黑的眼睛**盯住他的两眼,一面喝干了杯中的残酒。然后她拨起弦来,用深情的低声唱道:

"各就各位!"在座的喊着,敲打声叮当作响。现在轮唱按顺序进行,每逢重唱结尾,碰杯声和敲打声响成一片,交杂小提琴和八弦琴的澎湃响声。结 | **今天,只有今天**

我还是这样美好;

明天,啊明天,

一切都完了!

只有在这一刻

你还是我的,

束时,在座的都把剑扔向桌子喊道:
"开会!"

一个有厚实肚子的家伙把拳砸在桌子,"现在,我给兄弟们上几课",他喊道,"那对你们是非常有益的,那就注意啦!谁不能回答罚喝三杯!"低班和高班弟兄们齐齐站起抓住酒杯。于是这个秃顶家伙问道:"今夜是怎样一个夜晚?"所有弟兄如同出自一个喉咙那样喊道,"圣诞夜!"

老家伙慢慢地点点头"嗨,嗨!兄弟们真是聪明。现在问题来了,有多少个圣徒国王出现在伯利恒的马槽旁?"

"三个!"大家回答。

"对!"老家伙说,"我没想到:你们像是刚从教堂后面溜回来的吧。现在最主要问题来了:如果去伯利恒的圣徒国王只是三个,从哪儿来的?今夜你们仍旧有四个出现,从哪儿来的?"

"从你的口袋里来的。"莱因哈德说。

"来自那一副四个国王的纸牌,你这个顽固魔鬼。"

"你做难题了,我的年轻人!"老家伙的手从桌子上方伸向莱因哈德。"来吧,我要为你那银色条纹装饰报仇,你昨天必定是从周日女装外套把它割下来的。但是,今天关系到现钱。"他从

死啊死,

留给我的只有孤寂。

提琴师快速地弹到终曲的时候,一个新客人从外面走了进来。

"我去找过你",他说,"你已经出去了,可是有人给你送圣诞节礼物来过了。"

"圣诞节礼物?"来因哈德说,"它再也不会到我这儿来了。"

"喂,真的来了!你满屋子都是圣诞树同棕色姜汁饼的香味。"

来因哈德放下手里的酒杯,拿起帽子来。

"你要做什么?"少女问道。

"我就要回来的。"

她蹙了蹙前额。"不要去!"她轻轻唤道,并且亲密地望着他。

来因哈德犹豫起来。"我不能够。"他说。

她笑着用脚尖踢了他一下。"去吧!"她说,"你这个不中用的;你们大家全不中用。"等她转过身去,来因哈德慢慢地走上了地下室的阶梯。

背心上衣袋掏出一副已脱销的纸牌并在桌上摊开。莱因哈德伸向自己口袋,里面分文没有,骤然面红起来。他知道,家里斜面书桌抽屉里还有三个荷兰盾,**他把钱放回抽屉是为伊莉莎白买圣诞节礼物用,后来又忘记了这码事。**"现钱?我身边什么都没有,你等一下,我马上就回来。"**随即他急忙登上地下室楼梯。**

他跌跌撞撞地跑上楼梯,进入他的屋子,**想在黑暗中立刻开书桌从里面取出钱。**但一股甜甜的气味迎面扑来,	他连忙跑上楼梯,进了他的屋子。一股香甜迎面扑来;
随后他突然走到书桌前,拿出钱又下去到街道。这时候街上已经静多了,小孩们也不再往来。风吹过荒凉的街道,老年人和年轻人都坐在自己屋里家庭团聚,圣诞树也熄了,只是蜡烛的明亮光辉还从窗口透入到黑暗。莱因哈德静静站在街上,踮起足尖试图看一眼房间里面。但窗前的百叶窗太高了,他只能看到圣诞树树尖,它的金色褶皱旗和最高处蜡烛。他感到有点懊悔和痛苦,第一次不再属于这个节日了。房间里的孩子们对他一无所知,他们也不知道外面有个人,就像莱因	随后他走到他的书桌前面,拿出一点钱来,又走到街上去了。——这时候街上已经静多了;圣诞树也熄了;小孩们的游行也停止了。风吹过荒凉的街道;无论是老年人或者年轻人都在自己家里团聚;圣诞夜的第二个时期已经开始了。

哈德以前从饥饿乞童看到的,爬到楼梯扶手上,像看被遗失的天堂,渴望着他们的快乐。虽然在他母亲最后的岁月再也没有为他装饰过树木,但他们那时总去伊莉莎白母亲处。伊莉莎白每年还有圣诞树,莱因哈德总在那里尽力。圣诞节前夕总可以发现很多人极其勤奋地忙碌着,剪纸网和金箔,点蜡烛,把杏仁和鸡蛋染成金色,还有属于圣诞树可爱秘密其他什么的。然后是下一晚,点燃圣诞树的蜡烛,莱因哈德总把一小礼物放在树下,通常是一本彩色装订成册最近一次他自己誊写好的童话书。然后,两个家庭惯常聚在一起。莱因哈德给他们朗读从伊莉莎白那儿拿到的圣诞节新书。

（被删）

在异乡这个地方,奇迹般地再现了一幅自身生活图像,它就屹立在他眼前。只当房间里修剪蜡烛时,(房间内外)两个图像才消失。每逢里面房间开门和关门,桌椅也一起动。

圣诞节第二幕开始了。莱因哈德离开他冰冷站立的位置继续走路。

当他走近市政厅地下室的时候,听见了魔鬼发脾气声、雇佣兵的叫牌声,外加小提琴声和那个弹八弦琴的姑娘的歌声。下面地下室叮当地响了,一个摇晃黑影从灯光黯淡的

来因哈德走近市政厅地下室的时候,听见了下面传来的提琴声和那个弹八弦琴的姑娘的歌声;下面地下室的门叮当地响了,一个黑影从宽阔的、灯光黯淡的阶梯摇摇晃晃地走了上来。来

宽楼梯蹒跚地走了上来。莱因哈德急匆匆地走了过去。然后,他走入一家灯烛辉煌的珠宝店。他在这店里随即买了一个红珊瑚的小十字架,便又顺着原路回去。

因哈德连忙退到房屋的阴影里去,然后急匆匆地走过去了。过了一会他走到一家灯烛辉煌的珠宝店的窗前;他在这店里买了一个红珊瑚的小十字架,便又顺着原路回去。

5. 没有标题

回　家

为了找一种固定的事情做,他提议在这个假期教伊莉莎白学一点植物学,

为了要在这个假期中找一样固定的事情做,他便教伊利沙白学一点植物学,

6. 没有标题

一封信

7. 没有标题

茵梦湖

只有在晚饭以前和大清早的时间,莱因哈德才单独在他自己的屋子里工作。

只有在晚饭以前和大清早的时间里来因哈德才单独在他自己的屋子里工作。他这几年来对那些在民间流传的歌谣,每逢碰到的时候,就搜集起来,

她静静地站在那里,等他走近了一些,就他可以辨别的情景看来,她的脸正朝着他,**好像在等待他似的。**

她静静地站在那里,等他走近了一些,就他可以辨别的情景看来,她的脸正朝着他,**好像在等待谁似的。**

8. 没有标题

几天后的傍晚,全家的人照往常的习惯按时坐在花厅里面。莱因哈德谈论他的旅行。"他们仍然梦幻般地生活在旧日时间框架里",他说。"当我们要穿过一群裸体黑眼睛流氓转移到威尼斯去时,白天即将结束。在落日余晖中,一个灯火通明的城市现在从水面呈现,对这美景我必须克制自己,他们大声用土语问好,"O bella Venezia(美丽的威尼斯)!"我挥手喊叫,一个小伙子执拗地看着我,突然中断划行。"E dominante(掌控一切的)!"他骄傲地说,再度入水划行。然后他唱起好些歌的其中一首,所有喉咙都唱,总在那儿重复唱它,直到更新的歌出现才替换。小伙子让每个乐段结尾作一小的反复,慢慢地像呼唤般在水面上向外发声。歌词内容大多是非常优雅的。

"但是",母亲道,"作为德国人他们必须是另外一个样子。这里人们工作时唱的东西,恰恰不是对着爱挑剔的耳朵。"

"他们偶尔有首歌是属于最糟糕的。"莱因哈德道,"这并不会让我们犯错误。民歌正如民众,民歌分享他们的

依了我母亲的意思

几天后的傍晚,全家的人照往常的习惯按时坐在花厅里面。门开着;太阳已落在对岸林子后面了。

(被删)

美好、分享他们的缺陷，时而粗鄙，时而可爱、愉快和伤悲、滑稽可笑和少有的深沉。我还是在这最后一次漫游中记录下它们好多首。"现在大家请莱因哈德读一点手稿给他们听，他回到他的屋子里去，过一会儿他拿了一卷纸出来了，由一张张散开的活页组成。

大家靠桌子坐下来，伊莉莎白在莱因哈德旁边。他起先读了几首蒂罗尔地方的小曲，他读着，有的时候还小声哼起那愉快的曲子。几个人之间都产生了一种共同的快感。"这些美丽的歌是谁作的?"伊莉莎白问道。"呵"，埃利希说，他一直吸着石制烟斗愉快地倾听，"从歌词就可听出来，裁缝店伙计啦，剃头匠啦，就是这一类的好玩的浪子。"

莱因哈德于是读最忧郁的"我站在高山上……"那首。伊莉莎白会它的曲调，曲调是这么神秘，使人不能相信它是从头脑里想出来的。两个人现在合唱这支歌，伊莉莎白用她柔和的女低音和着男高音唱下去。"原生态的"，莱因哈德道，"它们沉睡在山林深处；只有上帝知道是谁把它们找出来的。"接着他读那首思乡歌谣"走向汕兹上的斯特拉斯堡"[注18]。

来因哈德这天下午得到一个住在乡下的朋友寄给他的民歌，众人请他读一点给他们听，他回到他的屋子里去，过一会儿他拿了一卷纸出来了，这卷纸仿佛全是些写得很整洁的散页。

大家围了桌子坐下来，伊利沙白坐在来因哈德旁边。"我们随便拿点儿出来念吧"，他说，"我自己也还没有看过。"

伊利沙白展开了稿纸。"这儿还有谱"，她说，"这应该你来唱，来因哈德。"

他起先读了几首蒂罗尔地方的小曲，他读着，有的时候还小声哼那个愉快的曲子。这几个人中间产生了一种共同的快感。"这些美丽的歌是谁做的?"伊利沙白问道。

"呵"，埃利克说，"从歌词就可听出来；裁缝店伙计啦，剃头匠啦，就是这一类的好玩的浪子。"

来因哈德说："它们都不是做出来的；它们生长起来，它们从空中掉下来，它们象游丝一样在地上飞来飞去，到处都是，同一个时候，总有一千个地方的人唱它们。

"不",埃利希说,"没有裁缝店伙计能够创作出来。"

莱因哈德道:"它们完全不是创作出来的。它们生长,从空气落下,它们像蛛丝,飞越大地,飞去这儿,飞去那儿,在成千个地方一起唱。我们在这些歌谣里找到我们自己的所为和痛苦。"

他翻到另一页,"这些歌",他道,"我是去年秋天在我们家乡地区听到的。女孩子们在剥亚麻时唱它,我记不下它的曲调,它对我完全陌生。"

我们在这些歌里面找得到我们自己的经历和痛苦;好象是我们大家帮忙编成它们似的。"

他又拿起另一页:"我站在高山上……"

"这个我知道!"伊利沙白嚷道,"你唱起来吧,来因哈德,我来同你一块唱。"现在他们唱起了这个曲子,它是这么神秘,使人不能相信它是从头脑里想出来的。伊利沙白用她柔和的女低音和着男高音唱下去。

母亲坐在那里忙碌地动她的针线;埃利克两只手放在一起,凝神地听着。

这首歌唱完了,来因哈德默默地把这一篇放在一边。——在黄昏的静寂中,从湖滨送上来一阵牛铃的叮当声;他们不知不觉地听下去;他们听见一个男孩的清朗的声音在唱着:

> 我站在高山上
>
> 望下面的深谷……

来因哈德微微笑起来:"你们听见了吗?就是这样一个传一个的。"

"在这一带地方,常常有人唱的。"伊利沙白说。

"对",埃利克说,"这是放牛娃卡斯帕尔,他赶牛回家了。"

他们又听了一会儿,直到铃声渐渐远去,消失在农庄后面。"这是古老曲子",来因哈德说,"它们沉睡在山林深处;只有上帝知道是谁把它们找出来的。"

他**抽出一篇**新的来。

他读完了,伊莉莎白轻轻地把她的椅子往后一推,默默地走下园里去了。**她母亲的严厉目光送她出去。**

他读完了,伊利沙白轻轻地把她的椅子往后一推,默默地走下园里去了。**她母亲的眼光送她出去。**

伊莉莎白秀美的身形已经消失在花叶繁茂的幽径中了,莱因哈德还向那个地方望了一会儿;于是他卷起了稿纸,**说明他想作晚间散步,走了出去**,穿过房屋走到湖滨。

伊利沙白秀美的身形已经消失在花叶繁茂的幽径中了,来因哈德还向那个地方望了一会儿;于是他卷起了稿纸,向在座的人告了罪,便穿了房屋走到湖滨。

最后他毕竟游到离花很近的地方,他可以借着月光看清楚那些银白的花瓣;可是同时他觉得自己好像陷在像一张网那样的一团水生植物里面了;

最后他毕竟游到离花很近的地方,他可以借着月光看清楚那些银白的花瓣;可是同时他觉得自己好象陷在一个网里面了,

他走进花厅的时候,正看见

他从园中走进厅子里的时候,

"这么夜深你去拜访谁了?"她母亲唤他道。

"这么夜深你在什么地方?"她母亲向他问道。

9. 没有标题

伊利沙白

他在这只手上看出了一种隐痛的微痕,女人的纤手夜间放在伤痛的心上

他在这只手上看出了一种隐痛的微痕,女人的纤手夜间放在伤痛的心上

的时候常常会现出这种痕迹来。(夜间:Nachts,大写,本书作者注)

莱因哈德走到楼上他的屋子里去了。他坐下来工作,

的时候常常会现出这种痕迹来。(夜间:nachts,小写,本书作者注)

他想留住她,可是他思索了一下,便在楼梯口停住了。那个姑娘仍旧呆呆地站在门廊上,手里拿着刚才讨到的钱。"你还要什么呢?"来因哈德问道。姑娘吃了一惊。"我不要什么了。"她说;随即回过头来向着他,用惊惶的眼光呆呆地望了他一会儿,她慢慢地向门口走去。他叫出了一个名字,可是她们听不见了;她垂着头,两只胳膊交叉地放在胸前,穿过庄院走下去了。

死,啊死,
留给我的只有孤寂!
一首老歌在他的耳里响了起来,他简直喘不过气来;这只有一会儿的工夫,随后他便掉转身子,走到楼上他的屋子里去了。他坐下来工作,

---

10. 没有标题

若干年后,我们发现莱因哈德来到远离刚描述场景所在州的北部边远地区。不久他母亲就过世了,其后他寻找公职并得到一个位置,于是便进入日常生活,按步就班。他的职位要他

(整段被删)

和男男女女各种人会面,而不只是自然交往需要。他经历过的和爱过的,在如今种种刺激之前,虽然强度上不能与先前的相比,越发退到次要的地位。多年过去了。习惯渐成自然,他感觉的敏锐性被消磨殆尽或者至少是沉寂了,他和大多数人一样,置身于外来生活事务中。

最后他娶了亲。他妻子善于持家并很和善,于是一切进入他安排好的轨道。但有时,不过很少,他表露出当前和记忆间的矛盾。他会整个小时站在窗前凝视着,眼睛失去了欢乐时的四散光彩。当透视过去的最深处,一个景象浓于另一个景象交替出现时,他的眼炯炯发亮,这绝大多数是埃利希的信来到的时候。信几年一封,以后越来越少,最后完全停了。莱因哈德只能不时从旅游路过的朋友知道,**埃利希和伊莉莎白仍和以前一样,住在他们宁静庄园里过着与世无争的日子,他们没有孩子。**

莱因哈德婚后第二年有了个儿子,因而带给他极其激动的心情。那个夜间,他跑到外面迎风喊道:"我有了儿子了!"他把孩子抱在胸前,流着泪对着孩子小小的耳朵,低语着温柔的话,仿佛他在情人的一生中都没说过这些。但没到一年,孩子死了,**从那时起他们的生活成为没有孩子的生活。30 年后,他的妻子离世,如同生前那样温柔安静。**他辞了职,向北搬迁到德国最北部边区。他在小城里买了座老房子,节俭地生活。从这以后,他就没听到过伊莉莎白的任何消息。现在,当下生活对他说来占的分量越来越少,炯炯有神的黑眼睛更明亮地显现那遥远的过去,**他年轻时代的爱人可能从来都没有像现在,在他如此的高龄时贴近他的心。**他的棕色头发变白,步履变迟缓,瘦长的形体也佝偻了。但在他的眼睛里,仍然有着未消失的青春的光芒。

没有标题

我们在故事的开头看到了他,现在他返回他脱下衣服的房间,返回他思念他们早年漫游的场景。月光不再照进窗来了,

老　人

月光不再照进玻璃窗里来了,

2.3 《茵梦湖》改编的两部电影

迄今为止笔者所知至少有三部在《茵梦湖》基础上改编的电影。本节介绍其中两部:一部是 1943 年纳粹德国拍摄的电影《茵梦湖,一首德国民歌》,另一部是东德(民主德国)1989 年拍摄的电影《茵梦湖》。以下列举电影内容和原著的异同,不作电影的艺术分析。

2.3.1 《茵梦湖,一首德国民歌》

1943 年纳粹德国拍摄的电影《茵梦湖,一首德国民歌》,导演 Veit Harlan,伊莉莎白扮演者是他的妻子 Kristina Söderbaum,他们两人当时都很有名气。电影外景地在当时未被战事波及的石勒苏益格-荷尔斯泰因州(Schleswig–Holstein)的 Ploen 城及其同名的湖,直至 20 世纪末那里的景色几乎没有什么变化。附录 4.4 给出电影若干段对白供参考,反映当时人们对《茵梦湖》小说的观点。

电影和原著比较,笔者认为值得写出的是:

1. 莱因哈德不再是收集乡土歌谣的学者,他成年后成为一个出色的指挥家,在世界各地巡回演出,伊莉莎白则是贤惠的家庭主妇,她在丈夫埃利希死后在爱情上仍忠实于他。

2. 对于他们的分手原因,电影采用了初印本的解释,它们在标准版中被虚化处理掉了。看来德国人自己也困惑,为什么莱因哈德两年不写信给伊莉莎白。莱因哈德进大学后受学风影响,他给双亲的信内容越来越缩水,信里不再附有童话给伊莉莎白,这样伊莉莎白也就不写信给他,两人误解开始。电影另加了小说没有的一个落段,莱因哈德和他的女同学耶斯塔过往亲密,被怀疑赶来的伊莉莎白撞个正着,最初她还指望是莱因哈德的偶然过失。听了房东太太的回答后,她彻底绝望了,回去就答应与埃利希结婚。

3.电影饶有深意地刻划埃利希父亲这个人物,他和战时千千万万的纳粹德国士兵一样,接受死亡正在来临的事实。

4.电影还加了莱因哈德和一个意大利女歌手恋爱的情节。

5.莱因哈德到茵梦湖庄园做客,电影加入社区中心舞会上他和伊莉莎白忘情疯狂跳舞的场景。

6.电影以两人多年后重逢又感伤离别结束:莱因哈德功成名就,成为一个到世界各处演出的著名指挥家,伊莉莎白在丈夫死后把茵梦湖庄园经营得生机勃勃。他们都知道无法再恢复过去的关系了,他为了名利舍弃了她,她为了茵梦湖庄园牺牲了他。

电影要求民众面对爱情也要像埃利希父亲面对死亡一样,妇女即使自我牺牲也要维护家庭,被纳粹宣传机器誉为"充满艺术性和人民性",电影一次就通过审查,这是少有的。但这也在战后一段时间拖累了施托姆的名声,连同此电影的导演和演员。

2.3.2　《茵梦湖》

1989 年东德(民主德国)拍摄的电影《茵梦湖》,导演 Klaus Gendries, 伊莉莎白的扮演者是名演员 Maren Schumacher。电影外景是在德国的东北部,濒临波罗的海的梅克伦堡(Mecklenburg),这是导演与施托姆博物馆馆长 K. E. Laage 长时间交流后作出的决定,认为它更符合施托姆想象中的《茵梦湖》的风景。[9,p.103]电影和原著比较,没有上述 1943 年电影改动那么大,基本上遵照原小说的情节发展。笔者认为值得写出的是:

1.电影越过莱因哈德和伊莉莎白的童年,直接由众人野餐场面开始。

2.大幅加入了原书没有的大学生反暴政治运动场景。

3.加入伊莉莎白母亲鼓励埃利希求婚剧情,最终促成了埃利希和伊莉莎白的婚姻。加入了伊莉莎白和莱因哈德母亲互动的情节。

4.圣诞节寒夜,莱因哈德怜悯街上一个无家可归的女乞童,带她回了住处并安排睡在自己床上,他自己则准备去地下室酒馆喝酒度过漫漫长夜,不期又遇到弹齐特拉琴的吉普赛女郎,两人目光传情,牵手离开酒馆。

5.莱因哈德到茵梦湖庄园做客,伊莉莎白犹豫多时夜访莱因哈德,两人在房门口相遇无言,凝视片刻后,伊莉莎白又骤然退缩匆匆离去,莱因哈德也没有执意挽留。

6.吉普赛女郎钟情莱因哈德,一直四方打听他的消息,最终在茵梦湖庄园找到他,见到莱因哈德后,她又一言不发走了,此时响起《今天啊,今天》苍凉的背景音乐旋律。

总之,这两部电影场景拍得很有诗意,加入的情节可以理解成电影本身的需要。两部电影或多或少掺入了不属于小说本身的政治内容。对没有读过《茵梦湖》小说的读者而言,它们也许是了解小说内容的捷径,熟悉小说的读者可能会失望。

第三部分 《茵梦湖》背景

3.1 伊莉莎白原型

贝尔塔是伊莉莎白的主要原型应无疑问。[7]但不止于此,伊莉莎白的不同阶段也可以看到不同人的身影。伊莉莎白前半段人生,是施托姆与她交往 7 年感情没有结果的贝尔塔,伊莉莎白儿时嬉戏形象也能见到爱玛的影子。后半段人生,应该是朵丽斯和施托姆相爱而又不得不放弃的经历,这一观点在 1936 年,有关施托姆私人生活细节大量资料公开后方首次提出。[3,p.111][9,pp.34,35]

文献[3]认为,小说前面的第一部分献给贝尔塔,施托姆会想到,让他对朵丽斯的爱情也成为他艺术塑造的对象,无疑希望藉此能更容易和有效地解决并摆脱这段激情。《茵梦湖》小说在 1849年事实上已经完成,意味着 1848 年后半年,最迟 1849 年,是施托姆与朵丽斯关系发展的关键转折点。[3,p.120]文献[2]确切指明,朵丽斯 1848 年离开胡苏姆[2,p.18]。

施托姆 1852 年 12 月写给朋友的信里说:"我写完了真正的爱情诗歌《你不肯说出口》(*Du willst es nicht in Worten sagen*)、《白玫瑰》(*Weisse Rosen*)、《时间消逝》(*Die Zeit ist hin*)、《你正入睡》(*Du schaefst*)、《我感到人生飞逝》(*Wohl fuehl' ich, wie das Leben rinnt*)、《我的心温柔地呼唤着你》(*Wohl rief ich scanft dich an mein Herz*),而炽热

爱情才能触发出的沉重生活创痛,表现在弹竖琴少女的《今天啊,今天》里。它很短,但可能是整个歌集《夏日的故事和诗歌》里最美和最深沉的。"[3,p.149]

　　文献[3]作者还引用道,"上述的诗全是涉及朵丽斯的,没有贝尔塔和康士丹丝。在《弹竖琴少女》的诗里,我们或许能假设关系是朵丽斯处在后台,弹竖琴少女题材充当面具。我们还要注意到,《今天啊,今天》这首歌在《茵梦湖》初印本里是没有的,在1851年《夏日的故事和诗歌》版本才加了进去"。

　　施托姆1859年给父母的信里提到:"我刚收到西里西亚(Schlesien)一个不相识妇女充满激情的来信,她由衷地感谢我的《茵梦湖》。我写这篇小说时那段早已过去的日子,现在再度闯入,引起我痛苦回忆。"[3,p.150]"痛苦回忆"明显是指成书之前与朵丽斯关系的那一段日子。

　　以上都是明证。

3.2 《茵梦湖》素材和解读

《茵梦湖》初印本最初由具有保守倾向的出版商顿克(Duncker)出版社出版,该书面向德国上层妇女。[9,p.107] 1851 年的《茵梦湖》标准版出版使施托姆名字被全德国知晓,其后更传遍世界。

初印本更接近施托姆的个人生活,但缺乏修改后标准版的细致艺术技巧和主题的普适性。从分析小说人物原型来看,初印本会带来更多的启示,因为标准版中若干情节作了虚化和象征处理。

与施托姆同时代人的批评集中于小说的艺术性,没有把它与作者的私人生活关联。只是从 1887 年起,随着写施托姆传记的作家(也往往是文学批评家)加入讨论使情况发生改变。尤其是 1912—1913 年施托姆的小女儿盖尔特鲁德出版的其父亲两卷传记,公布了很多信件和日记,使人们有可能研究施托姆的生活和他作品之间的联系。德国作家中真的很少像施托姆一样,把生活经历和创作紧密联系在一起的。1866 年施托姆在他著作全集前言里坦承其作品是"我生活的见证"。[3,p.1]

文献[9]报道,有研究者把施托姆的信件、他的自传、他小女儿盖尔特鲁德公布的材料和施托姆学术活动的信息,不加区分地与施托姆实际生活场景合并在一起,该研究者无非是要证明,施托姆的生活和他的作品是如此紧密相关,施托姆只不过把他生活中的事件简单地一一对应转换成小说而已。[9,p.29] 文献[9]认为,这种处理妨碍读者更好地理解作品本身。小说《茵梦湖》很多素材确是带有自传性质,但不能归为施托姆的自传体小说。[9,p.2]

以下列出素材主要来源:

1. 小说开始的儿时几个场景应来自施托姆的妹妹露西以及他和爱玛的初恋。[9,pp.2,28]

2. 施托姆追求贝尔塔长达 7 年,主要是书信往来的精神交流。虽然如此,它仍是莱因哈德和伊莉莎白关系的主要内容。与康士丹丝婚后一年,施托姆和朵丽斯终于放弃两人之间的感情,提供了莱因哈德和伊莉莎白的最后结局。[3,p.111]

3. 伊莉莎白的母亲就是贝尔塔养母的映射。

4. 伊莉莎白的手的特写来自朵丽斯:施托姆在其自白信中谈到朵丽斯的手,"单是你漂亮的手,德国文学里就这么多次谈论过,它归德国的诗所有,属于幸运,也属于我。"[3,p.146]

5. 施托姆小说中的"母亲有严命"那首诗歌其灵感来自一个女子的轶事,那女子不堪母亲的压力与一个老男人结了婚。[9,p.2]

6. 施托姆自己曾在圣诞夜漫游过空无一人的街道,透过窗看燃着蜡烛、有圣诞树的室内[9,p.28]。

7. "睡莲"情节的加入也来自施托姆年轻时经历的一个事件,1838 年他和一群朋友在哈佛尔(Havel)河一个小岛度假,夜间,他看见一朵睡莲在河上,他不能自持地想游泳去够它,但脚被植物的根茎拌住,无奈只能游回岸边。[9,pp.2,22]

8. 小说的田园景色难以确定,几乎可以在任何一个地方。施托姆往往以自己的家乡胡苏姆为灵感,莱因哈德住处的描述和施托姆曾祖母的房子极其相像。[9,p.4]

9. 学生俱乐部里的吉普赛女子场景来自施托姆在胡苏姆时自身的学生经历。他在集市上见过一个弹竖琴的女子,给他留下深刻印象。这个女子如施托姆所表示的"已完全懂得爱情",是一个年轻可爱的尤物,她在胡苏姆各集市上弹竖琴演唱,傍晚施托姆曾与她在已关门的公园里幽会。7 年后,他回忆起以前这段关系献上了一首诗《弹竖琴的少女》(*Harfenmaedchen*)[注19]。在施托姆以后

的小说里,也能见到这位弹竖琴的女子。[3,pp.5-6]

10. 当时的政治形势,即他所处的州为脱离丹麦进行的独立斗争,也反映在施托姆的挫折上,他代表赞成独立的所谓受过教育的公民,而埃利希象征着资产者。[9,p.3]

在了解小说的素材来源后,情节的对应关系就易解读了。

1. 伊莉莎白与莱因哈德的关系,并行的是贝尔塔,其后是朵丽斯与施托姆的关系。[2,p.15]

2. 伊莉莎白与她母亲的关系,并行的是贝尔塔与养母的关系。[5,p.23]

3. 伊莉莎白遵从母命放弃莱因哈德嫁给埃利希,贝尔塔遵从养母意志拒绝了施托姆。

4. 施托姆追求贝尔塔7年感情没有结果,他把这种情绪注入到伊莉莎白身上。伊莉莎白爱莱因哈德并希望她爱的人回来,但是莱因哈德如同施托姆一样,最终出于不同原因,都被所爱的人抛弃了。

5. 了解埃利希和伊莉莎白无爱婚姻的情节,必须了解施托姆婚姻早期的状况。

如前面1.4节所述,这婚姻一开始就令他失望,施托姆是一个激情强烈的人,他的妻子不能对等地回应。或许就是康士丹丝缺乏激情驱使他转向他的情人朵丽斯,其后随着第一个孩子出生被迫与情人分手。这一两年的婚姻情感经历都被吸收到《茵梦湖》里,书中写到埃利希为让伊莉莎白惊喜,秘而不宣邀请莱因哈德来做客时,伊莉莎白的反应是这样的:

"怎样,伊莉莎白?"他道,"你没有料到吧,绝对不会的!"

伊莉莎白用姐妹才有的眼光看着他。

"你真好,埃利希!"她道。

无爱的婚姻,情人的离去,没有希望的感情和家庭义务。上述

内心情感斗争,施托姆没怎么在家人面前流露过。[9,p.3,7]

6. 莱因哈德重逢伊莉莎白,最终他还是选择放弃。施托姆迫于家庭、道义和舆论压力,选择和朵丽斯分手。

最后读一下施托姆自己以及他的传记作者保罗·舒茨(Paul Schuetze)两人对《茵梦湖》的评论,还是很有启迪的:[3,p.127]

1852 年,施托姆写道:"我刚通读完了我的《茵梦湖》,我现在也知道它的价值和意义所在。它是真正的爱情诗篇,完全充满爱的气息和氛围。"

保罗·舒茨是首个写施托姆传记的作者,他谈到《茵梦湖》对施托姆以后的诗意小说的影响时说:"施托姆其后开发出更丰富的声音,创造更生动的形象,揭露更深刻的内心世界和演变。然而,小说《茵梦湖》里的轻柔颤声,被唤醒起的痛苦,以及获得无从抑制快乐的感受,透入到我们的耳房,并经由他众多的诗篇,继续不断地在我们耳边鸣响。"

1856 年,施托姆把小说《茵梦湖》作为礼物,献给当时他的小女儿里斯贝茨(Liesbeth,其时盖尔特鲁德尚未出生),他在扉页为她写下了几句话作为献词[3,p.128]:

书页里散发着紫罗兰气息,
伫留在我们荒野上的家,
年复一年,没人知道过,
后来我到处找都没找到。

第四部分　附　录

4.1　注解

[注1]*An Emma*(《致爱玛》)：

你躲开我,残忍分手/现就诀别!

开玩笑无从压抑住我的痛苦/我的不幸!

我说过什么,我怨过什么/我怎样了!

如果没有你/不再有玫瑰,不再有爱抚!

我去跳舞/今天带她,明天换另一个。

我去祈祷/玫瑰花送给你。

你躲开我,残忍分手/现就诀别!

总会有玩笑能消除我的痛苦/消除我的不幸!

[注2]笔者统计是14首,原书标的是13首,诗的标题分列原书两处。

[注3]原文委婉地表达为"她的身材并不使她的脸变得更丰满"。

[注4]盖尔特鲁德在她的书里没有说出家人不出席的原因,诸如"他已婚妹妹罗伦兹生病,他父母和祖母都要在她的家里照顾她"并不是十分充足的理由。

[注5]《秘密》(*Mysterium*)全译文,原文自 http://www. staff.

uni-mainz. de/pommeren/Gedichte/Storm

1. 只是在我们离别前的最后一夜,/我才是你的。

   请给我你的手! 你不要悲叹,/我宁愿自已什么再也没有。

2. 你说,那一时刻最终来了,/只有星星在注视,

   只有两颗心的怦然跳动,/只有夜晚的喘息。

3. 既没有狂躁也没有绝望,/她解开腰带和浴袍,

   庄重、沉默和无望地/听任爱情摆布。

4. 他陶醉地捧起她玫瑰般脸庞/靠在他心上,

   让我现在了结这个世界! /过了这一刻什么都不存在。

5. 她哭,/悲苦的心碎了,

   其他都不想,只想到离别,/整个人躺在他的臂弯里。

6. 时钟嘀嗒声中她在颤抖,/紧紧地贴在他胸口,

   把眼下的欢乐,/埋入到日后的痛苦里。

7. 她不知道怎样才能忘记,/她充满渴望和活力,

   把她年青女人的身躯,/扑在所爱男人的怀里。

8. 他拥抱着/一个温柔微鼾酣睡的女子,

   他把一个苍白哭累了的孩子/靠在他深沉跳动的心。

[注6]由于施托姆赞成并公开表示他所在的州脱离丹麦独立,丹麦当局没有更新他的法律许可证,施托姆为生计被迫离开胡苏姆,1853 年全家迁到波茨坦。

[注7]《在阳光下》(*Im Sonnenschein*)和《安格利卡》(*Angelika*)

《在阳光下》(*Im Sonnenschein*)(1854 年)情节如下:

这个故事背景最初设定在 18 世纪初,描述弗兰兹和她的爱慕者,年轻官员康士坦丁之间在花园的场景。60 年后,弗兰兹的表姐告诉自己孙子有关他姑奶奶的故事。他的姑奶奶在父亲禁止她和康士坦丁婚姻后不久就死了。后来,工人修理家族墓穴时,不经意地望了望她的肖像,那一刻画中的弗兰兹正戴着装有康士坦丁一

缕黑发的胸饰盒。一下子,胸饰盒就回到弗兰兹的棺木里去了。

《安格利卡》(*Angelika*)(1855 年)情节如下:

埃尔哈德穷得娶不起自小和他相爱的安格利卡,他又无法忘情,于是出外谋生寻找机会。年青医生趁虚而入向安格利卡求爱并得到安格利卡母亲的允婚,但安格利卡仍钟情埃尔哈德。年内埃尔哈德不期获得一个好位置,使得与安格利卡结婚有了可能。埃尔哈德急忙想见安格利卡,但听到一个仆人说,安格利卡已经和医生订了婚,要结婚时医生突然死去。埃尔哈德于是觉得不能再向一个曾对他不忠诚的女子求婚了。

[注 8]1956 年,原文如此。20 世纪 30 年代贝尔塔和盖尔特鲁德遗物开始出售,现在出版的不少施托姆诗作,是从遗物中的施托姆手稿整理得到的,有些整理迟至 20 世纪 50 年代。

[注 9]盖尔特鲁德 1912 年出版了两卷她父亲的传记,为了她父亲名字不被遗忘,她临近 60 岁时还在工作。1924 年她出版了《我的父亲怎样写出〈茵梦湖〉》,当年及其后两年,评论界对这本书都没有反应。本节取自该书,为完整起见,引用的诗和段落与本书其他部分即使有重叠也没有省略。

[注 10]应是指她的生母康士丹丝,他们孩子称朵丽丝为"朵朵"(Dodo)。

[注 11]盖尔特鲁德引用图霍·摩姆生 1849 年对《茵梦湖》初印本的评论,之后,她立即引用施托姆关于这本小说如何充满青春魅力的话来软化摩姆生的批评。其实,关于小说青春魅力的论断是取自施托姆 1859 年 3 月的信。盖尔特鲁德把这两件事忽略其日期混在一起,导致读者以为它们同时发生,这是不真实的。施托姆确实认真地接受了图霍·摩姆生的批评,1859 年的评论是针对标准版而不是初印本。

[注 12]到此,盖尔特鲁德只引用了原诗的前半部分,未刊载的

后半部分参见文献[4]第43—44页。

[注13]施托姆母亲的侄女,1826年嫁到阿尔托那的谢里夫家。

[注14]正如文献作者所说,读盖尔特鲁德写她父亲的事真要小心。这里,盖尔特鲁德把时间搞错了,应该是当年1842年10月26日,即德列莎写了明确拒绝信后的一周。德列莎信的内容彬彬有礼,维持早先已作出的邀请。若是指一年后,含义就大不一样,那就表示德列莎后悔了想挽回。盖尔特鲁德把时间搞"错"也误导了文献[3]的作者,该作者说施托姆本还有一次挽回机会。

[注15]亨利·詹姆斯(William James,1842—1910)当时领先的美国心理学家和哲学家。

[注16]直至20世纪90年代,Biernatzki初印本再没印过,文献[11]作者说,他蒙美国达特茅斯学院(Dartmouth College)图书馆慨允,用显微胶卷复制了这初印本。

[注17]原名齐特拉(Zither)琴,扁琴,一种古代乐器,按维基百科定义,它是一种弦不延伸过音箱的弦乐器。中国的古琴是这类琴中最早的。古筝、扬琴也属此类。

[注18]《走向汕兹上的斯特拉斯堡》(*Zu Strassberg auf der Schaz*)德国著名民歌,至今仍流传。

[注19]《弹竖琴的少女》(*Harfenmaedchen*)中译见文献[10]第42页。

4.2　参考文献

以下外文资料凡与本书有关内容笔者均全篇阅读或浏览过。给出的"作者注"属个人之见,读者或许因此能节约选择时间。

[1] Immensee von Theodor Storm mit 23 Heliogravueren nach W.
Hasemann und Professor Kanoldt. Erste Auflage, Leipzig C.
F. Amelangs Verlag 1887.

《茵梦湖》Amelangs 出版社 1887 年第 1 版,16 开,插图 23 幅,以下编号和标题为笔者添加供说明用,原画没有编号及标题。

1. 归来　2. 老人　3. 童年　4. 远足　5. 跋涉　6. 迷路
7. 劝酒　8. 圣诞礼品　9. 回家　10. 送别　11. 家书　12. 啊,茵梦湖!
13. 拜访　14. 重逢　15. 湖边　16. 倩影　17. 母命　18. 睡莲
19. 伊利莎白　20. 泛舟　21. 歌女　22. 诀别　23. 老人

德国风景民俗插图画家 Wilhelm Hasemann（1850—1913）绘制其中的人物画:归来、迷路、劝酒、圣诞礼品、回家、送别、家书、重逢、母命、歌女、诀别、老人。德国画家 Edmund Kanoldt（1845—1904）绘制余下的风景画:老人、童年、远足、跋涉,啊! 茵梦湖、拜访、湖边、倩影、睡莲、伊利莎白、泛舟。

[2] A. Tilo Alt: Theodor Storm
Duke University, Twayne Publishers, Inc., New York, 1973.
（全书 157 页）

《施托姆》

本书有五章:"诗人的生活"、"施托姆的诗歌"、"民谣和童话"、"中篇小说"、"总结:作为作家和诗人的施托姆的重要性"。

作者注:只有第一章整章和第四章《茵梦湖》那一段与本书有关,是作者 A. Tilo Alt 的评述。

[3] Lemcke, Dr. phil. Georg: Die Frauen im Leben des jungen Theodor Storm

Berlin, Verlag von Georg Stilke, 1936.（全书 152 页）

《青年施托姆生活中的女子》

本书有五章:"在胡苏姆的学生生活"、"贝尔塔·冯·布翰"、"学生年代的其他女性"、"订婚期间"、"年轻婚姻和朵丽斯·简森"。

作者注:简要介绍了已出版关于这个主题的各类评论。本书出版时间早,一些日后披露材料没能包括入内。但是,它根据施托姆当时写的诗,以相当大的篇幅描述施托姆与康士丹丝的订婚后两年期间的生活情况,是本书的特色。

[4] Elmer Otto Wooley: Studies in Theodor Storm

Indiana University, Bloomington 1941.（全书 143 页）

《施托姆研究》

本书有八章:"施托姆与贝尔塔·冯·布翰"、"施托姆生平简介"、"施托姆作品简介"、"施托姆的宗教信仰是什么"、"施托姆诗歌初期出版物(列表)"、"施托姆诗歌年表"、"施托姆小说里人物的人名检索"、"与施托姆有关的个人名录"。

另附照片若干,包括贝尔塔中年照和 6 岁时的临摹像。

作者在第一章"施托姆与贝尔塔·冯·布翰"开始写到:"施托姆死后在他私人文件里,发现有褪色红橡皮筋捆着的一叠信。这些通信揭示了诗人学生时代最感性影响其中的一面。贝尔塔·冯·布翰给施托姆信件由本书第一次全部出齐。"

作者按施托姆与贝尔塔之间通信次序讨论他们感情发展的各个阶段。他采访过贝尔塔在养老院的 27 年室友利斯特·高斯小姐。

作者注:施托姆和贝尔塔来往原始书信齐全,信后大多有作者的篇幅不长夹叙,背景介绍或议论。

[5] Gerd Eversberg:Storms erste grosse Liebe, Theodor Storm und

    Bertha von Buchen in Dedichten und Dokumenten.

    Westholsteinische Verlaganstalt Boyens & Co. , Heide 1995.

    (全书 193 页)

《施托姆的感人初恋:诗歌和文献中的施托姆和贝尔塔》

本书分四部分:"施托姆的感人初恋"、"诗歌"、"汉斯熊"、"书信和注解"。

作者注:施托姆和贝尔塔来往原始书信和这段初恋时期的诗歌,收集齐全。

[6] Peter Goldammer : Storm, Theodor – Eine Einfuehrung in

    Leben und Werk

    1980 – 230 S. Reclam–Verlag Leipzig

《施托姆的生活和作品导论》

本书是袖珍本,共 15 章:"家乡和童年","求学年代","诗人和律师","石勒苏益格—荷尔斯泰因","抒情诗和第一本小说","波茨坦","圣城","流亡期间的诗篇","回到家乡","成为普鲁士官员","胡苏姆最后的日子","后期小说","白马骑士","生命尾声","附录"。书中附有 82 张图片或照片。

作者注:原东德版本,1990 年重印。简单介绍施托姆的生平和主要作品,所附 82 张图片或照片(印刷质量不高)以及所附详尽资料目录是其特色。

[7] Gertrud. Storm: Wie mein Vater IMMENSEE erlebte

Hoelder-Pichler-Tempsky A. G. 1924. (全书 114 页)

《我的父亲怎样写出〈茵梦湖〉》

本书有三章:"施托姆的生活"、"《茵梦湖》导言"、《茵梦湖》标准版全文。

作者注:这是施托姆小女儿写的袖珍小册子,施托姆生活的第一手资料,重点是"《茵梦湖》导言"。

[8] Mary Barker: "Theodor Storm 1817—1888"

GER 342, German Literature, Oregon Stata University, 1997.

《施托姆 1817—1888》

作者注:美国俄勒冈大学德语文学系 Mary Barker 的学位论文,施托姆生平简明综述。

[9] Wiebke Strehl: Theodor Storm's Immensee: A critical Overview

Camden House, 2000. (全书 127 页)

《施托姆的〈茵梦湖〉:评论观感》

本书有十章:"小说《茵梦湖》"、"1849—1888——当代的声音"、"1888—1914——施托姆死后的作品普及"、"1914—1945——战后年月"、"1945—1957——《茵梦湖》回归"、"1958—1972——作为他当代孩子的施托姆"、"1972—1986——作为我们时代孩子的施托姆"、"1986—1998——读者对施托姆的新反应"、"电影、剧场和报纸中的《茵梦湖》"、"总结和展望"。

作者注:按施托姆在世直至当前的时间顺序,全面介绍了《茵梦湖》评论和观点的演化,并附详细目录供检索。

[10]《施托姆抒情诗选》,钱春绮译,湖南人民出版社,1987 出版。(全书 200 页)

国内另一本施托姆诗的中译选本是:

《白玫瑰——施托姆抒情诗选》,魏家国译,人民文学出版社,1991 出版。(全书 243 页)

[11] E. Allen McCormick:Theodor Storm's Novellen, Essays on Literary Technique

Edition of 1966 AMS Press New York,1969.(全书 182 页)

《施托姆小说,散文的文学技巧》

本书有五章:"《茵梦湖》的两个版本"、"施托姆描写方法简论"、"施托姆悲情小说初论"、"'淹死的人'小说中的三个命题"、"Hinzelmeier:作为问题的艺术童话'思考历史'",另附"注解"。

作者注:有用的是第一章,它专门讨论了其他书都没有的《茵梦湖》两个版本异同。

4.3 译名对照

地名

Altona	阿尔托那	汉堡市中心西 6 公里
Bohemia	波希米亚	现属捷克
Bredstedt	贝列斯铁特	胡苏姆北约 20 公里
Foehr	福尔	位于北海,属德国,胡苏姆西约 70 公里
Kiel	基尔	现属丹麦
Husum	胡苏姆	汉堡市中心西北 150 公里,离吕贝克 167 公里
Luebeck	吕贝克	汉堡市中心东北 70 公里
Osdorf	奥斯多夫	汉堡市中心西北 11 公里
Romberg	罗姆堡	现属捷克
Segeberg	塞格堡	汉堡市中心北 64 公里

人名

Buchan, Bertha von	（1826—1903）
贝尔塔·冯·布翰	施托姆初恋对象
Esmarsh, Constanze	（1825—1865）
康士丹丝·爱斯玛赫	施托姆第一任妻子
Goss, Lisette	利斯特·高斯
	贝尔塔在养老院的多年室友
Jensen, Doris	（1828—1903）

朵丽斯·简森　　　　　　　施托姆第二任妻子

Kloerss, Sophie　　　　　索菲·克罗尔斯

　　　　　　　　　　　　老年贝尔塔相识的年轻好友

Koehr, Emma Kuehl von　（1820—？）

爱玛·库尔·冯·科尔　　　曾是施托姆的未婚妻

Mommsen, Tycho　　　　（1819—1900）

图霍·摩姆生　　　　　　　施托姆大学时代的好友

Nolte, Guido

基多·诺尔特　　　　　　　施托姆大学时代的好友

Reuter, Fritz　　　　　　（1810—1874）

弗里茨·路透　　　　　　　德国小说家

Rowohl, Therese　　　　（1782—1879）

德列莎·罗沃尔　　　　　　贝尔塔养母

Roese Ferdinand　　　　（1815—1859）

费尔第南德·罗斯　　　　　施托姆大学时代的好友

Scherff, Jonas H.　　　　（1798—1882）

乔纳斯·谢里夫　　　　　　施托姆亲戚

Friederike H.　　　　　　（1802—1876）

弗里德里克·谢里夫　　　　施托姆母亲的侄女,谢里夫的妻子

Storm, Elsabe　　　　　　（1863—？）

爱柏　　　　　　　　　　　施托姆和康士丹丝的第二小的女儿

Friederick　　　　　　　（1868—1939）

弗里德里克　　　　　　　　施托姆和朵丽斯的唯一女儿

Gertrud　　　　　　　　（1865—1936）

盖尔特鲁德　　　　　　　　施托姆和康士丹丝的小女儿

Helene　　　　　　　　　（1820—1847）

海列涅	施托姆妹妹,产后死亡
Lucie	(1822—1829)
露西	施托姆妹妹,7 岁夭折
Wies Lena	(1797—1868)
列娜·维斯	给少年施托姆讲故事的女子

4.4 电影《茵梦湖,一首德国民歌》(1943 年) 部分对白

笔者译自英文版对白

1. (片首,餐厅,侍者领伊莉莎白进餐厅入座)

[侍者] 睡莲。按托尔斯滕先生明确要求的,

[侍者] 我们把这束睡莲放在餐桌上了,

[侍者] 我想,这是很有个性的。

(莱因哈德来到餐桌前)

[莱因哈德] 伊莉莎白!

[伊莉莎白] 莱因哈德!

[伊莉莎白] 够快的了!

[莱因哈德] 要更快点,

[莱因哈德] 一个小时后我又要在飞机上了。

[伊莉莎白] 但我们不要在这一小时里太匆忙了。

[伊莉莎白] 当我说我和音乐总监有个约会时,

[伊莉莎白] 他们对我深深鞠躬,头几乎碰到地板上了。

[伊莉莎白] 借助你的一点名气,

[伊莉莎白] 到现在还让我熠熠生辉。

[伊莉莎白] 你已成为一个大人物了……

[莱因哈德] 别取笑我,

[莱因哈德] 就这时间……我们好长时间没见面了。

[伊莉莎白] 我谢谢你的睡莲,莱因哈德。

[莱因哈德] 睡莲……伊莉莎白……

[伊莉莎白] 当你演出那"睡莲组曲"时,我想,

[伊莉莎白] 它只是为我,不是为周围其他陌生人。

[莱因哈德] 是这样的。

[莱因哈德] ……睡莲,

[莱因哈德] 没有你,这"睡莲组曲"会是什么?

[莱因哈德] 它是……它正是我们青春的象征。

[伊莉莎白] 是的……

[伊莉莎白] 你的音乐会很美。

[伊莉莎白] 从埃利希过世后,我一直没有出门。

[莱因哈德] "从埃利希过世后"……怎么说的呢……

[莱因哈德] 那时我正在旅途上……

[莱因哈德] 到阿根廷时收到我父亲的信……所有都已经结束了。

[莱因哈德] 我甚至没写信给你。

[伊莉莎白] 我正是太熟悉你了,没写信,……你全都没变。

[伊莉莎白] 我有一封信要给你,

[伊莉莎白] 真的,这次音乐会前我想过要寄给你,

[伊莉莎白] 我现在很高兴能把信交给你。

(伊莉莎白把带有她年轻时相片的一封信交给莱因哈德)

[莱因哈德] 这是还给我的。

[伊莉莎白] 在我最痛苦的时刻,你把它寄还给我。

[伊莉莎白] 因为……

[伊莉莎白] 这不就是指我们是怎样分开的吗!

[伊莉莎白] 瞧……把人们连接起来的事很多,

[伊莉莎白] 不只是我们必须要说些什么方能告别过去。

（莱因哈德看着相片上的伊莉莎白）

［莱因哈德］噢,上帝,很久以前了!

（莱因哈德读着相片上的字）

［莱因哈德］给我亲爱的莱因哈德,你忠实的,伊莉莎白。

［莱因哈德］像有一千年了。

［莱因哈德］突然,在要坐飞机的时候……

［莱因哈德］在旅馆和机场之间,所有种种都还原了,

［莱因哈德］像是在今天发生的一样。

2. (莱因哈德离家到汉堡求学,两年过去了,没有写一封信给伊莉莎白,伊莉莎白来汉堡探望他……

伊莉莎白进入莱因哈德房间,房东太太随后,见到一个女子熟睡在莱因哈德床上,伊莉莎白吃惊退出。)

［房东太太］现在你相信了?

［房东太太］来吧……

［房东太太］你不要想到太糟的,乌尔小姐。

［伊莉莎白］有太多要想。

［房东太太］好了,他们是艺术家,在怎样感受这方面更开放些。

［伊莉莎白］我总奇怪为什么他不写信给我。

［房东太太］不像看起来那么坏吧,

［房东太太］你明白,昨天他们有个聚会,

［房东太太］就像他们所称呼的……

［房东太太］……一个大派对,好多人,

［房东太太］晚了,所以她就过夜了。

［伊莉莎白］这不好!

［房东太太］是不好。

［房东太太］但是,如果你知道,我和其他房客对这些愚蠢行为有过怎样麻烦的话。

［房东太太］但他不是有理的。

［房东太太］"庸俗"是他那时所说的⋯⋯

［房东太太］⋯⋯不过他是那样好的人,

［房东太太］这全怪他后面追着的该死女孩子们。

［房东太太］不奇怪啊,他是个帅小伙子。

［伊莉莎白］(长叹一口气)常是这样?

［房东太太］别问我,

［房东太太］我不善于说谎。

［伊莉莎白］好吧,

［伊莉莎白］他现在在哪儿?

［房东太太］他在音乐厅排练,期终考试。

［伊莉莎白］我明白⋯⋯

［伊莉莎白］我想拜托你一件事,

［伊莉莎白］不要告诉托尔斯滕先生我来过这儿。

［房东太太］但是⋯⋯你不见到他就走?

［伊莉莎白］当然。

(下一个镜头,莱因哈德在住所继续读他父亲的来信)

昨天埃利希和伊莉莎白结婚了。

之前他求过两次婚,都没成功⋯⋯

自从他父亲死后,他成为茵梦湖庄园的主人。

我可以想象你的工作是怎样缠住你,

当然,你不应全忘了伊莉莎白。

我很自豪你获得的骄人成绩⋯⋯

你深爱的父亲。

3.（莱因哈德到茵梦湖庄园做客，在社区中心舞会上他和伊莉莎白疯狂跳舞，那一夜，埃利希和伊莉莎白在床上彻夜无眠）

　　[埃利希] 这你怎样想的？

　　[埃利希] 他总处在我们之间，

　　[埃利希] 即使他现在不在这儿，

　　[埃利希] 是这样吗？

　　[埃利希] 看……

　　[埃利希] 一个人不能强迫自己快乐，

　　[埃利希] 不是关于我的快乐……

　　[埃利希] 是关于你们的。

　　[埃利希] 过去那几天，我第一次看见你眼睛闪烁发亮，

　　[埃利希] 那是因为莱因哈德。

　　[埃利希] 我让你走，伊莉莎白。

　　[伊莉莎白] 你能做到？

　　[伊莉莎白] 你能真的做到？

　　[埃利希] 因为我爱你……

　　[埃利希]……我希望你快乐。

4.（次日，莱因哈德和伊莉莎白在庄园的幽径散步）

　　[伊莉莎白] 我是自由了，

　　[伊莉莎白] 昨晚埃利希让我走，

　　[伊莉莎白] 永远自由了。

　　[莱因哈德] 你知道你刚才说些什么？

　　[伊莉莎白] 哦，是的……

　　[莱因哈德] 以后……你是我的伊莉莎白？

［伊莉莎白］不！

［莱因哈德］现在我知道了，

［莱因哈德］你想牺牲你自己？

［莱因哈德］你的快乐？你的一生？

……

［莱因哈德］如果你知道回到那时光，会是什么？

［伊莉莎白］那时……它会使我很非常……快乐，回到那时。

［伊莉莎白］但是，莱因哈德，你想过，

［伊莉莎白］我能生活在你们这个圈子里，在这些人中，在你们这样的自由环境中吗？

［伊莉莎白］我不想超过他们，所有都已经很好的了，但是……

［伊莉莎白］那不是我的世界！

［伊莉莎白］你想，我能做到你在意大利经历过的吗？

［伊莉莎白］你明白吗？我是对的，不是吗？

［伊莉莎白］我那次回家的路上，回来那时……

［伊莉莎白］……我在从汉堡回来的火车上……

［伊莉莎白］人们看着我哭，我觉得很难为情。

［伊莉莎白］那时我就对你说过告别了，莱因哈德。

［伊莉莎白］我已对我至爱的一切告别了。

［伊莉莎白］你明白吗，我认清了使我们不能在一起的每件事……

［伊莉莎白］我们通向人生的道路并不吻合。

［伊莉莎白］你明白，你属于要走出去的那个世界，今天你要到汉堡……

［伊莉莎白］……明天是罗马，而之后是雅典，或其他地方。

［伊莉莎白］……而我……

［莱因哈德］你呢？

［伊莉莎白］我变得……扎下了根……这儿。

［莱因哈德］扎下了根……这儿……

［莱因哈德］我明白。

［莱因哈德］现在？

［伊莉莎白］是的……

［伊莉莎白］现在，我爱着埃利希，

［伊莉莎白］当昨天他让我走的时候，

［伊莉莎白］所以让我走是因为他爱我，……而相对于你，

［伊莉莎白］我知道了，我是属于他的，

［伊莉莎白］永远无法解决，

［伊莉莎白］这就是我为什么必须说告别。

5.（夜里，伊莉莎白在睡房窗前，看着莱因哈德提着行李离开庄园，回到床边）

［埃利希］我没睡着，伊莉莎白。

［伊莉莎白］请你宽恕我。

［伊莉莎白］我爱你，埃利希，

［伊莉莎白］你相信我吗？

［埃利希］我相信你说的一切。

［伊莉莎白］但是你哭了。

［埃利希］快乐甚至也会流泪。

6.（镜头回到电影开始时的餐厅，莱因哈德看着相片上的字）

"给我至爱的莱因哈德，

你忠诚的，伊莉莎白"

［莱因哈德］不,取回这张相片是不合适的。

［伊莉莎白］合适的,莱因哈德,

［伊莉莎白］我们永远是忠诚的朋友,我们俩……

［伊莉莎白］你忠于你的工作,忠于引导你的星星,

［伊莉莎白］到你所属的整个世界,

［伊莉莎白］我呢……回到我那小小的世界,

［伊莉莎白］我扎根的地方,

［伊莉莎白］并且完成埃利希去世后我承担的责任,

［伊莉莎白］保住并扩大他在茵梦湖庄园所建立的一切。

［伊莉莎白］所以,就让我们永远是忠诚的朋友,我们俩,

［伊莉莎白］即使我们多年彼此不通音信,

［伊莉莎白］即使大海和陆地分隔我们,

［伊莉莎白］我们忠实于我们的青春,我们忠实于我们自己。

(机场,大雪,伊莉莎白握手和莱因哈德告别,莱因哈德登机)

(背景歌曲)

莱因哈德,

我愿永远是你忠实的

伊莉莎白,

伊莉莎白,

伊莉莎白……

(剧终)

4.5 1887年版《茵梦湖》23幅插图

　　该书扉页上有"庆祝斯托姆70岁生日的礼物"字样，封面没有画，花样烫金，书页沿边烫金。书中插图由 Hasemann & Prof.E.Ronoldt 绘。

归　来

老 人

童 年

远　足

跋涉

迷　路

劝 酒

圣诞礼品

回 家

送 别

家书

啊，茵梦湖！

拜 访

重　逢

湖 边

倩 影

母 命

睡 蓮

Elisabeth.

伊利莎白

泛 舟

歌 女

诀 别

老 人

青年施托姆

中年施托姆

老年施托姆

童年贝尔塔

中年贝尔塔

施托姆的第一任妻子　康士丹丝·施托姆

施托姆的第二任妻子　朵丽斯·施托姆

1943年电影《茵梦湖，一首德国民歌》剧照

1989年电影《茵梦湖》剧照